きみのとなり

りゅうこころ

まえがき

この本を手にとって下さりありがとうございます。

あなたは今まで生きてきた中で「男の子に生まれたかったたな」とか「女の子に生まれたかったな」と考えたことは一度もありませんでしたか？

世の中には身体と中身の性別が違う人が結構たくさんいて、苦しんでいらっしゃいます。それではいったい何に苦しんでいるのでしょう？　生産性が無いと言われる・法律の整備がなされていない・ＢＬや百合といった嗜好物と一緒にされる・気持ち悪いと言われる・・・などなど。

本書は大人になってから自分がジェンダーであると気づいた女の子の生き様を書いた本です。読んで頂ければ、何となくわかっているようで理解できていなかった性自認やジェンダーについての本質がご理解いただけるだけではなく、**自分にも他人にも優しくなれる内容**となっています。ご遺族から伺ったお話をもとにハッピーエンドへと書き直した本書が広まってくれることで、一人の女の子が救われると願っております。

りゅうこころ

目次

第一色・夢の空間

「わたくしは、自分が体験した感動をお客様に味わってほしい。ここの住人として従事し、夢と希望を与えられる人間になりたいからどうしてもここで働きたいのです！」

日本全国から毎年何千人という人がこの思いで集まり、自身の持てる極限の笑顔を保ったまま言い募り、そしてふるいに掛けられる。生きていくために必要なお金を稼ぐというのとは趣旨が異なり、各々が身をもって体験してきた夢の空間でのひとときを享受する側から提供する側に、すなわち『来園者に夢を与えられる人間になりたい』と非常に狭き門なのにもかかわらず毎年ものすごい人数が集まる。一発で合格する人も居れば、何回目かでリベンジを果たす人も居る。しかし集まった人のほとんどは夢が叶わず、普通に生活して普通に家庭を持ち、来園者という形で再びこの場所に戻ってくる。

この、凄まじい倍率を潜り抜けた人間だけが働くことを許される特別な場所、それが『ドリームスペース』である。他の多くの企業は学歴不問と表向きでは言いながら学歴偏重型の採用活動をしているが、それらの企業と違い一流の大学を卒業したからといって働くことが許されるものではなく、来園者に夢を見てもらいたいという揺ぎ無い信念と、厳しいオーディションに勝ち残った人だけが入社を許される。

頭の先から爪の先に至るまで、何もかも夢の提供マニュアルに沿った意識、知識、技術と三拍子そろった完璧な状態じゃないとお客様の前には出してもらえない。ペーパーテストは満点以外は足切り、発声や笑顔、細かい所作に至るまで何千とあるマニュアルを全てクリアして、ようやくお客様の前に出る権利が得られる。そこからゴミ拾いなのか主役キャラクターになれるのか、それはわからない。血のにじむような努力と忍耐、そして何より『来園者のために』という強く揺ぎ無い情熱のどれ一つ欠けてもサヨウナラなのである。

これらは会社側が強制しているのではなく、我々従事する者同士の厳しい競争によってランク付けされるものであり、ゴミ拾いだからといって夢を与えられないような行動をしたら即時契約解除だし、たゆまぬ努力とセンスによって短期間で主役級に抜擢されることもある。ここにいる人全員がその意識で動いており、働いているというよりも自分が演じるべき役割をしっかりと理解して自発的に動いている。

なので、世間一般で最近騒がれている『労働協約』とか『休日規定』などを求めてしまい、この場所に居たくなくなったらすぐに辞めることも可能な契約に最初からなっている。そもそもそれらを求める人間は最初から競争に勝てないし、ここで従事したいとは思わないはずだ。我々は自ら望んでこの場所に立っているのであり、求められた人間であるという誇りを持っている。

夏には夏の、冬には冬の衣装はあるが、ショーやパレードなどご来園くださっているお客様に我々の寒暖事情を悟られてはならないし、夢の空間の住人としてそんな部分をおくびにも見られてはならない。ましてや誰もが夢見る主役キャラクターを任された人間は、冬は極寒で夏は熱中症必至であるが、主役を任されるということはここに従事する人間の何千分の一の確率なので覚悟が違う。バックヤードに戻ってきてから冷え切った体を大勢のケアスタッフで温めてもらおうが、熱中症になりかけた体を医療班に治療してもらおうが、夢の空間で同じ時間を過ごされているお客様には絶対に『中に人が入っている』なんて思われてはならない。それが我々のプロ意識であり誇り、一流と呼ばれる所以なのだ。

ご来園くださる方が不快にならない程度に書くが、『ドリームスペース』は地下五階まであり、それぞれの階がしっかりとした役割を果たしている。何百とある飲食スペースやレストランに食材を運ぶ通路や、野球場ほどの衣装スペース、医療設備も完備され医師も常駐している。

もしお客様が何らかのアクシデントで救急搬送が必要な場合には、地下通路を自治体と協力して自社で用意した救急車が走れるようにもなっている。地上スペースには電線や電柱など日常を感じさせるものは何もなく、すべてこれらは地下を通っており、我々従事者の移動もお客様からは想像もつかないような隠し扉や、隠し通路からできるようになっている。『これでもか』というくらい完全に、そして完璧に夢の空間を演出できているからこそ、毎年のようにご来園くださる方や一年に何度いらっしゃっても
「また行きたい！」

と言っていただける空間が保てている。ちなみに植木なども毎日完璧に手入れされており、造花は一つもない。そして万が一にも鳥のフンなどでお客様が不快な思いをされないように、肉眼では確認できないドーム状の透明なシールドが全体を覆っている。

ちなみに先に『ゴミ拾い』と書いたが、これは『単にゴミを拾う人』ではなく、相当レベル

の高い人間にしか許されないポジションなのだ。笑顔や歩き方などの所作はもちろん、お客様から何を尋ねられてもスペース内のどこに何があると完璧に答えられなければならない、いわばコンシュルジュ的役割も担っている。まずそこに辿り着く前に運搬や衣装の整備など一般的に雑務といわれるもので知識と経験を徹底的に叩きこみながら、同時に表舞台に立てるようになるために所作なども細かく自分なりのノートを何十冊も作って覚えていく。ときにはお客様に見えない物陰から先輩の動きを観察してメモを取ったり、

「おつかれさまです、お時間失礼します！」

と許可を得たうえで質問したりしてスキルを高めてゆく。そしてみんなが憧れる頂点、誰もが手を振る有名キャラクター役を演じるともなれば、どこのポジションでも何でもできるようになっているスーパースターなのだ。もちろんそのキャラクターに成りきらなければならないし、一瞬の隙も見せてはならないのは言わずもがな、このホスピタリティーの頂点のそのまた頂点に君臨できる人は数えるほどしか存在しない。キャラクターの仕草から動きなどを完全に再現するのは当たり前だが、どんな天気であれ環境であれ、全く変わらない状況を維持しなければならないのである。言い換えれば、熱中症になるほどの気温下でもキャラクターの状態で

数十分のショーを涼し気にこなし、主役として最高の感動に対する拍手をもらうのだ。誤解なきよう『他のスタッフが楽そうだ』なんて言っているのではなく、それだけの体力と技術と意識をパフォーマンスし続けることができなければならないという点で頂点と言える。激しい体力の消耗に意識が持っていかれそうな状況があったとしても、そこで倒れたりしたらご来園くださったお客様をガッカリさせてしまうどころか、大パニックになってしまうだろう。しかしどんなに鍛練を積もうとも、人間の身体というのは物理的に限界が必ずある。それでも頂点はお客様の前では決してふらつく姿を見せず、バックヤードに戻ってくる。多くの修羅場、つまり不調のときには普通、自身の人格や動きが表に出てしまうものだが憑依に近いようなレベルでキャラクターに入り込んでいるとボロが出ないのだ。私が主役キャラクター役に選ばれたのは、キャラクターの動く速さや角度も含めた仕草や性格、クセまでもが身体に染みこむほどに完コピを繰り返してきたからだったと自負している。

そして働き始めて知った衝撃の事実、それが『主役キャラクターは身長が一四五センチの女性しか務めることを許されない』という点だ。もちろんその前後数センチの誤差は認められるが、この身長の男性を探すのは非常に困難であり、また存在したとしても頂点の頂点でなければばならないことを考えるとどうしても女性になってしまうのだ。分かりやすくいうと、身長という物理的な制限を上回って『女性が持つホスピタリティー』を求められる立場であると知り、衝撃を受けたのだ。

ホスピタリティーの語源はラテン語で、意味は『客人の保護者』である。一見、楽しむ場所と思われがちなドリームスペースだが『魔法を掛けられたい』と途方もない悲しみや困難を抱えてやってくる方たちも常に一定数いらっしゃる。そのようなお客様にはキャラクターが持つチカラは欠かせず、その頂点キャラクターに求められるのは単なる楽しい、かわいいを超えたホスピタリティーという魔力、後に述べる『何か』なのだ。男性よりも体力が劣る女性にどんな環境でも倒れない体力がいかにして身に付くのか・・・と不思議で仕方がなかったが、たゆまぬ努力と根性、そして皆が口をそろえて言うのが

「何かが支えてくれる」

というものだ。それは子どもにだけは見えるという光の妖精だと言われていて、大人になるにしたがって見えなくなってしまうものらしい。実際に他のキャラクターを演じられている方も、

「何かが助けてくれたおかげでやり切ることができた」

と何人もが口にする。
実際にこの不思議な力に助けられたという逸話がいくつかあり、
「ミュージカルダンス中に規定位置よりも二歩分前に出てしまって、舞台から落ちてしまう場所まで行ってしまったが、全く気付かず演目を終了してバックヤードに戻ったところ『ステージから落ちていてもおかしくなかったのに、踏み外したはずの右脚は何事も無かったかのように空中を踏みしめていた。危ないと思った周囲のスタッフが戯れるように元の位置に戻したが、なぜ落ちなかったのか？』と言われた」
とか
「修学旅行で来園されていた男子高校生数人が周囲の警護スタッフを突き飛ばして、主役キャラクターを花壇に押し倒そうと突進したのにもかかわらず、まるで地面に固定されているかのように一歩も動かず平然としていた」
とか
「周囲の目には何事も無かったかのように完璧に振る舞って、観客の拍手に両手で大きく手を振って応え、バックヤードに戻ってきた。真夏ということもあり救護班がスタッフと一緒に急いでヘッドと呼ばれる頭部を脱がせたところ、気絶していた。意識が戻ってから話を聞いてみると、途中から何かが自分の中に入ってきたような感じがして、意識も記憶も無くなった」など。お客様のみならずスタッフにまで感じることのできるこの夢の空間は、人間の力だけで成り立っているのではないのは何となくではあるが、ここで働いている人間全員が認知している。私も何度か不思議な力に支えてもらったことがあり、いくら調べてみても謎のままで、その正体が何なのかわかっていない。

大学を卒業して幼少期からずっと憧れていた『ドリームスペース』に入社する夢が叶ったわけだが、こんなにも難関であると知ったのは大学三年生のときに一度入社試験に落ちているからだ。この会社で働きたいと願う人々の圧倒的多さと熱量、それは私の想像をはるかに上回るものだった。完コピあたりまえ、語学堪能あたりまえ。それらは入社前に習得しておく最低限の技術であって『自分が会社である』『ご来園くださるお客様に不愉快のフの字も感じさせてはならない』という思いはみんな持っている。必要なのはそれが本物であるという覚悟を示すことで、私が入社試験に落ちたときにはここを指摘された。ペーパーテストやダンスなど実技試験を突破して最後の面接、ここで面接官から言われた言葉。

「西野さんは全てにおいて及第点を上回っている。でも貴女が気づいていない部分が最も重要で、現段階ではそれが欠けている。幸い大学三年生なのですから来年再受験してくださいそのときに足りない部分が補えていることを願います。ちなみにみなさん『それは何なのか』と訊かれますが、これは教えてもらうものではなく自分で気づかなければならないのです。来年の入社試験の際には全てのテストを免除する『特級』を貴女に差し上げます。これを持っていれば次年度の試験は面接だけということになります。そして来年の試験までは園内フリーパスで入れます。ぜひクリアしてください！　我々はあなたが来てくれるのを待っていますし、必ず合格できると信じています」

頭の中が真っ白になったのを覚えている。自分の中ではまさか試験に落ちるなんて想像すらしていなかったし、大学三年にして入社内定がもらえるものだと思っていたからだ。面接官が言うとおり、でき得る知識習得や技術訓練はやってきたし表現できた。そしてそれは自身満足するレベルであり、会社側からも認めてもらった。もうこれ以上、何を頑張ったらいいのかさっぱりわからない。

（あと、私に足りない部分はなんなんだ？　正直想像もつかない・・・）

記憶を辿ってみるも、小学校のときに両親に連れてきてもらったあの感動しかない。『特級』という年間フリーパスを手に入れたことで、大学の卒論や課題を順調に片づけて、スペースへの移動費を予備校の講師で稼ぎながら暇を見つけては通う。父と私の二人暮らしなので外泊しないように早朝から移動して開園とともに入園し、日帰りで園内をくまなく観察して新幹線で帰宅するというとんでもなく不経済な日々。家に帰ったときに『人間の温もりがない寂しさ』は私もお父さんも身に染みているだけに、遅い時間になろうとも必ず帰宅できるようにアルバイトは予備校の講師を選択した。私の受け持つ『国立大学専用特別選抜クラス』は、生徒さんが支払う授業料も高額だが、講師として頂ける金額も予備校の中でトップクラスなのだ。九十分の授業を一日二回で週三回、これだけで平均的な男性サラリーマンの初任給の約二倍はいただける。このお陰で片道三時間、朝早く出発すれば閉演時間までは居られないにしても、充分帰ってこられるのだ。

年間パスを持っている地元の人よりも多く通っているだろうと言っても過言ではないほど、足しげく通ってメモをとりながら隅々まで観察していく。埃が溜まっている場所なんて一つも見つけられないほど清掃は行き届いており、園内全ての食べ物を口にしたが、まったく文句のつけようがない。きっとこういう部分ではないことはわかっているのだが、全てを知る上で重要な要素だと考えたので思いつく限りを片っ端から納得がいくまで調べあげていく。店舗内外やアトラクションの前に立っているスタッフの所作や言動、パレードを行っている人や周辺の警護、個性の違う清掃スタッフもその特徴や時間など細かくメモをしていく。近づいてみたり離れてみたり、もちろんスタッフルームやバックヤードには入れないので、目で見える限りの観察を行っていった。半年が経過する頃にはすっかり『ドリームスペースマニアノート』ができていたが・・・わからない。面接の段階で落とされたという事実は、まだ入社もしていない人間でもわかるものを見落としているということではないか。あのときの私みたいに楽しそうに来園している家族たちを見つめながら、三人掛けのベンチに座って深い溜息をつく。そこに四人家族がやってきて、父親と母親が私の横に座り、一番小さい子は母親の膝に座らせてもらっている。三人掛けのベンチなので上の子が立っているという構図だ。両親は疲れ切ってぐったりしており、子どもは

「僕も座りたい！」

と駄々をこねている。家族が座れるように私が譲ってあげればいいのだが、

（移動時間を含めて私だって解決の糸口も見つからずに歩き続けて、フラフラなんだよ！　ガキなんて元気なんだから駄々をこねないで立っとけ）

と上目遣いに睨みつけると、子どもは黙ってしまって今にも泣きそうな表情に変わった。

（両親そろって甘やかされて育ったんだろうな、引率する親は疲れているんだから泣きたきゃ泣けばいい）

と私の中の意地悪な部分が子どもを泣かせてしまいそうになったそのとき。スタッフが駆け寄ってきて、とびっきりの笑顔で立っている子どもに風船を二個渡した。同時にそれを見て欲しがる膝の上の子どもにも風船を渡し『痛いの飛んでいけシール』を兄弟の胸に貼った。『シールを貼ってもらえることが子どもにとってどれだけ嬉しい特別なことだったのか』を思い出しながらその光景を横目で見ていると、女性スタッフが何やら無地のシールにペンで書いて私の持っていたノートに貼り付けて、無言のまま笑顔で手を振りながら去っていった。さっきまで駄々をこねていた子どもは大喜びで、もう座ることなんて忘れている。そして私の努力の結晶ノートに貼られたシールには

『優しくしてくれてありがとう！』

と書いてあった。私は何にも優しくなんてしていない！
（甘やかされて育ったウルサイガキだな、泣きたいなら泣け）
って思って席を譲らなかった。それなのになぜ、このシールが私のノートに貼られたのだろう？　訊きに行こうにも貼ってくれたスタッフの姿はもういない。そして立ち上がって見渡している私に
「子どもがワガママを言ってすいません、お席をありがとうございます」
という両親からの言葉と、私が座っていた場所にちゃっかり座った子どもからは
「お姉ちゃんありがとう！　ぼく、風船二個もらったから一個あげるね！」
とかわいい形の風船をもらった・・・
『優しくしてくれてありがとう！』は、こういう意味だったのか。誰も悲しませない、来園者全員を笑顔にする、その気配りや思いやりをお客様同士でも感じてもらう心配り。恐らく私のように最終面接に落ちて毎日のように観察しまくっている人間はたくさんいるだろう、そしてそういう人間をスタッフは何百人も見てきたであろう。一般来園者は首から来園者チケットをぶら下げているが、私が下げているのは『特級年間フリーパス』だ。スペース内の人間が見れ

ば普通のお客様なのかそうでないのかは一目瞭然、そして観察による不自然な動きとひたすらメモを取る仕草。

（全ての人に感動を与えられる仕事をしたいなんて理想を掲げながら、私のしてきたことはなんだ？　自分のことしか考えずに観察してはメモを取り、挙句の果てには楽しみに来ている子どもを睨みつける始末。本末転倒も甚だしい、ここは夢の空間でありそれを与える側になるはずなのに・・・私だけ空気が違った。だから先輩がこっそり教えてくれたんだ）

このことに気付いた瞬間から私の目線はガラリと変わった。メモは持たず、楽しそうにしている人を見かけては手を振り、何か困っていそうな人には一緒に楽しんでもらえるように積極的に声を掛ける。子どものおトイレを探している人がいれば笑顔で一緒に連れて行き、マップを広げて首をかしげている人には話しかけて案内をする。スペース中を歩き回ってメモを取ってきたので『どこに何があってどう歩いたら一番早く到着できるのか』は熟知できている。海外の方がキョロキョロしていれば身に付けた英語で話をして笑顔になってもらい、迷子がいたら手を繋いでインフォメーションセンターに連れて行って、親と合流できるまで一緒に遊ぶ。そう、これが私のやりたかったことであり、就職したいと思った原点だったじゃないか。次に声を掛けたのは奥さんと娘さんのツーショット写真を撮るパパ。せっかく来たのに、家族全員で撮った写真が無いのではと感じたからだ。うちのお父さんもどこかへ出かけるたび、私のワンショットばっかり撮ってたっけ。さっそく三人には右に十歩ずれてもらって、外国のようなきれいな街並みと最高の背景となるきれいなグラデーションの夕焼けが映り込むようローアングルで撮った。キャラクターのガチモノマネをして『レベル高すぎ！』と笑わせることも忘れずに、娘さんとご両親を一枚に収める。何枚も撮った写真を確認するために、スマホに顔を寄せ合う家族の笑顔がまぶしいこと・・・。

新しい気付きを得て自分なりに行動し、納得して帰ろうとしたそのとき。

「赤ちゃんの靴を片方失くしてしまった」

と困っていらっしゃる若いお母さんに遭遇。一番近いルートで忘れ物センターまで一緒に行って、赤ちゃんが履いているもう片方の靴を見せてスタッフに探してもらうとすぐに見つかった。

「亡くなった母が買ってくれたものなので見つかって本当に良かった、ありがとうございます」

と安心からかスタッフと三人で優しい涙を流して、手を振り見送った。

「見つかってよかったですね！」

と声を掛けられて小指で涙を拭きながら、再び忘れ物センターに目をやると・・・片脚の裏に見覚えのある『痛いの飛んでいけシール』が貼ってあり、首から『十四歳』と書かれたカードが掛けられているぬいぐるみが、小さな椅子にちょこんと座っている。思い出が涙とともに一気に溢れ出し、スタッフのお姉さんに

「私が小学二年生のときに忘れて帰った子です、あの日からこちらで働くことが夢でずっと頑張ってきました。まさかこんな形で逢えるなんて・・・」

と声を詰まらせながら訴えると、

「ここは夢の空間ですから。優しい思いが引き寄せてくれたんですよ、きっと」

と椅子から持ち上げてぬいぐるみを手渡してくれた。周囲の人が不安にならないようにぬいぐるみを抱きしめ、ゴミ箱で死角になる部分に感動の涙をこらえきれずにしゃがんでいると、スタッフさんたちが私の姿を隠すように数名で前に立ち、退園する人々に満面の笑みで手を振っている。はっきり分かった、私に足りなかったのはこの精神だった。

それからも就職面接までの間ずっと通い続け、まるで自分自身がスペースの一部であるかのような気分で過ごし、迎えた約一年ぶりの再面接の日。

『何を話そう』とか『どうアピールしたらいいのか』なんてこれっぽっちも思いつかず、一年前に

「我々はあなたが来てくれるのを待っていますし、必ず合格できると信じています」

と言ってくれた同じ面接官の前に立った。

「一年間、どうでしたか」

と訊かれた私は

「はい、とても幸せな時間でした！」

と素直に答えた。その表情を見て面接官はニッコリと笑い、

「大切なものに気付きましたね。これからもその思いを全ての人々に差し上げてください、合格おめでとうございます」

と私を驚かさないようゆっくり机から身を乗り出して優しく、でも硬い握手をしてくれた。

私の左腕に抱かれている『十四歳』と書かれたぬいぐるみが一緒に喜んでくれているかのような感覚だった。

第二色・夢の初体験

コロコロのついた大きなカバン二個と各々の背中には大きなリュックサック、そして私の両手は右にお父さん、左にお母さんに繋がれている。いつもならお風呂に入って髪を乾かしてもらい、とっくに寝ているような時間に家族三人で地元のローカル線に乗る。ワクワクしながらも畑のある場所はほとんど真っ暗で、こんな時間に電車に乗るなんて初めてだった私は、たまに街灯の明かりが流れ星のように通り過ぎる景色を食い入るようにのぞき込んでいた。乗り換えまで約五十分、途中からウトウトしはじめて気持ちよく寝入った頃に起こされる。さっきまでの上機嫌はどこへやら、両親は眠くてぐずる私を何とか引っ張り起こしながら地下鉄へ。別の電車に乗るということで少し目が覚めた私は同じように窓の外を見ても、地下鉄だけに見える景色は真っくらけ。退屈して眠る間もなく二駅で降りて、そこからしばらく歩く。どこへ行くのか何も教えてくれない二人にまたもや引っ張られるように歩いていると、同じように大きな荷物をいっぱい持った多くの人たちが同じ方向に歩いている。やがて見えてきたのはものすごく広い空き地にたくさん並んでいる箱と、バスが五台。

「望、バスに乗る前にお母さんとトイレに行くわよ」

一人ポツンと残されたお父さんに荷物を全部預け、身軽になった私とお母さんはたくさんの箱の前に並ぶ。しばらく時間が経ってやっと順番が回ってきたので箱のドアを開けようと背伸びすると
「汚いから触らない！」

と母に叱られ、一緒に中に入る。すごい匂いと汚い和式便器、それでもここで用を足すように言われ、狭い箱の中でお母さんが後ろに立った状態で済ませ、次はお母さんと交代して私が後ろに下がる。なにしろ鼻が曲がりそうなこの狭い空間から早く出たかったが、お母さんが出るまでは出られないので少しでも臭くないように口で息をして我慢する。ようやく二人で扉を開けて外に出ると、さっきよりもっと多くの人が並んでいるのに驚きながら、手を洗う場所が無いのでお母さんが持っていたウェットティッシュで手を拭く。

「はぐれたらわからなくなっちゃうから、お母さんの手を離しちゃ絶対ダメよ！」

さっきの〝触らない〟にしてもお母さんがピリピリしているのは感じるし、これだけ多くの人がいる中で私自身もお母さんと離れてしまうのは怖かったので両手でしっかりとつかんでいると、

「ちょっと望、歩きにくいからぶら下がらない！」

と叱られた。ぶら下がっているつもりはないのだけれど、親に叱られると言い返せない性格の私は、シュンとして黙って下を向いたまま地面を見つめてお父さんのところに到着。

「荷物たのむわ、オレも行ってくる」

交代であの汚くて狭いトイレにお父さんは走っていった。私とお母さんは結構長い時間待ったのに、お父さんは意外と早く帰ってきてウェットティッシュで手を拭くと、

「大きなカバンはオレが運ぶから、君と望はリュック背負って着いてきて。二人がトイレ行っている間にバスの確認しておいたから」

とモリモリ荷物を持って一歩先を歩く、私とお母さんはリュックを背負って後ろをついていく形だ。赤くて大きなバスの前に到着すると側面にある大きな空間に、コロコロのついた大きなカバンとお父さんのとびきり大きなリュックサックは入れられ、

「よっこらせ」

と急にお父さんに後ろから持ち上げられて乗車したのはびっくりした。路線バスとは違って下がってこない乗り口に、足をうんと高くあげてよじ登ろうとがんばったのに。乗り込むとバスの中では片手に紙を持ちながらキョロキョロと席を探し、後ろから二列目の左側にお母さんと私が座る。お父さんは通路を挟んで反対側の窓際に、隣には知らないおじさんが座って窮屈そうにしている。二人分の荷物は頭の上にある荷物置き場に置いて、私は窓際に座らせてもらった。窓から外を見ていると、さっきの汚いトイレにまだたくさんの人が並んでいるのが見えて身震いするほどゾッとした。それでもたくさん乗り込んできて混んでくる車内とは逆に少しずつトイレ前の人数は減っていき、やがて一台のバスが動き出した。私が乗っているバスはまだ入り口のドアが開いたままで全然動く気配がない中、次々とバスは動き出して広場にポツンと一台だけ取り残される形となった。少し心配になってお母さんの方に目をやると、目を閉じて寝息を立てている。お父さんはといえばなにやら折りたたまれた紙を広げて一生懸命に見ているのが通路を挟んだ向こう側に見える。もうトイレの前には誰も居ないし横でお母さんは寝ているし、つまらなくて意識がボーっとし始めた矢先、

「出発いたします、運転手の山田です。安全運転で参りますので宜しくお願いいたします、途中休憩は・・・」

最初の方は覚えているが、途中から運転手さんが何を話したのか覚えていない。真っ暗な広場を出て街の中を走り始めて目に映る明かりはキラキラとしてとてもきれいで、ゆっくりと動き始めた景色にものすごく興奮していた。

「皆さん寝るんだからカーテン閉めるわよ、あなたも寝なさい」

さっきまで寝息を立てていたお母さんからボソッとそう言われて、カーテンを閉められてしまう。バスの照明も暗くなり、長い時間見ていたトイレからやっときれいな景色に変わったのに途端につまらなくなってしまった私は、態度にこそ出さないものの内心ふてくされて、前の席に見えるネットとそこに挟まっている青色のビニール袋をしばらく見つめていた。

「望、トイレ行くから起きなさい」

いつの間に眠っていたのか、半分意識の無い状態でお母さんに手を引かれバスを降りる。冷えた空気にパリッと目が覚めて辺りを見渡すと、自動販売機がたくさん並んだ明るくて広い場所におり、さっき広場で見たバスが五台全部そろっていた。今回はさっきほど長い時間待たなかったし、トイレもきれいだったのでちゃんと手を洗ってお母さんから渡されたハンカチで手を拭いた。いっぱいの自動販売機に興味津々な私をよそに

「時間が無いから早く乗るわよ」

と結構強めに手を引っ張られ、最初のウキウキした気持ちはだんだんつまらなく嫌な気持ちに変わっていった。お母さんはピリピリしているし、楽しそうなものは見せてもらえないし、浮き立つ要素は何もない。そして同じ席に戻ってきて再び眠るように言われ、バスは動き出し車内は暗くなる。なんだか寂しくて悲しくて涙がポロポロと出てきた・・・

「ごめん、ちょっと厳しい言い方しちゃってたわね。大丈夫、お母さん怒ってないから次にバスが止まるまで手を繋いで一緒に寝よ」

ニッコリした顔でそう言われて、優しく両手をサンドイッチしてくれた。ちょっとしたことだけど、怒られて緊張したときにふっとガス抜きをしてくれるようなお母さんの言い回しが大好きだ。大人になっても『自分が思う正しさ』だけを押し付ける人にならないようにしたいな。お母さんの手を感じながら寝るのは大好きだし、二の腕のさらっとフワフワした感触も気持ちいいから暑くても寒くても年中くっついてしまう。いつもの優しいお母さんに安心して涙を拭

き、そのまま眠った。

「望、起きて。歯磨きしに行きましょ」

ゆさゆさと起こされて目を開けると、バスのカーテンは全部開いて外はすっかり朝になっていた。まぶしさに目を細めながらお母さんに手を引かれて降り立った場所は何十台もバスが並んでいる壁の前。赤や青や黄色のバスを見ながらトイレと思われる場所の横にある蛇口が横にずらーっと並んだ場所で、お母さんと二人で歯を磨き、顔を洗ってハンカチではなく家から私のリュックに入れてきたタオルで顔を拭く。うっすらと聞こえてくるどこかで聞いた覚えのある音に耳を澄ましながらまた壁に沿って歩いてバスに戻り、交代で今度はお父さんが歯磨きに行く。座席に戻って大あくびをしていると、お母さんが水筒とおにぎりを頭の上の棚に乗っかっているリュックから取り出した。乗り物にたくさん揺られてそんなにお腹は空いていないけど、前の日の夜にお母さんが握ってくれたおにぎりにぼーっとしながらかじりついていると、

「ほらあれ、見てごらん」

と指をさされた窓の外を見て、私の意識は頭から水をかぶったくらいの勢いで急に覚めた。

何度も読み返した本にあった景色、そしてクリスマスにビデオテープを買ってもらって、飽き

ることなく毎日見ている景色の一部が壁の上から顔を出している。

「ここって・・・ドリームスペース！　そう？　そうだよね、お母さん！」

夜景に興奮していたのがちっぽけに思えるくらい、胸がバクバクしている。この『ドリームスペース』はテレビや本の中の世界で、まさか自分が実際に来られるなんて考えたことも無かった。その一部がバスの窓から見えたことに何と表現したらいいのか、とにかく涙が止まらなくなりお母さんを困らせてしまうほど泣いた。お父さんがバスに戻って来てから
「おい、どうした？　何かあったのか？」

お母さんが訊かれるくらい、静かに声を出さないようにタオルを口に当てて、左手にはおにぎりを持ったままという傍から見たら不思議な状態で泣いた。そんな私の頭を大きな手でポンポンし、

「望がテストで満点取ったら連れてこようってお母さんと約束していたんだ、よく頑張ったな」

とお父さん。確かにそんな約束をした気がするけれど・・・実際今までに全科目百点満点は経験無かったし、そうなったら学校で一番になれると思って頑張った。

勉強もさることながら、擦り切れるほどビデオを見て一生懸命ダンスや振り付けも頑張って

きた。それでも『どこか距離を感じていた映像の世界が目の前に!』という感動と困惑から涙があふれてしまったのだろう・・・我々大人でも『歌手がテレビで歌っているのを見るのと、コンサートで実際に生で聴く』のとでは雲泥の差なのだから。

「ほら、早くおにぎり食べてしまわないと。もう少ししたら入口ゲートにならぶからね」

気持ちを抑えて口にいっぱいにおにぎりをほお張り、水筒のお茶で流し込む娘を、急かさないように微笑んで待つ。

「さあ、行こう!」

三人とも小さめのリュックを背負い、左右の手を両親にひかれながらも今度は引っ張られるのではなく、私が二人の歩幅に合わせてトコトコ歩数を増やしてすごく人が集まった入口ゲートまで歩いて行く。その人数たるや、昨夜見たトイレの比ではない。列のはるか先にゲートの柵があるけれど、その中でキャラクターたちが楽しそうにこちらに向かって手を振っているのがすごく小さく見えるほど、何百人居るのか全く見当もつかないレベルだ。お父さんに肩車してもらってざっくり数えてみると、横の列はもはや何列あるのかわからない。縦の列は私たちがいるところが七十番目か八十番目くらいかな、そして振り向くとその五倍ほどの人がきれいに列を作って並んでいる。そしてこの開園待ちのゲートはどうやらここだけではないらしい・・・いったいどれだけの人がこの朝早くから来て並んでいるのだろう。家で本を読み、毎日ビデオを見て憧れていたドリームスペースやキャラクターよりも来場者数のことを考えてしまう可愛くない子どもだとは思う。いくらスペーススタッフの誘導があるとはいえ、しかし日本人というのはこういう時にちゃんとお行儀よくできるものだと子ども心に感心した。

私は他の友達みたいにきれいなノートを作ったり、真っ黒になるまで書いて覚えるようなタイプではなかった。予習の段階で（何となくこんな授業になるんじゃないかな？）と自分なりの算段を立てておき、授業中にその答え合わせをするというやり方だったので、よほど教科書と違った問題が出されない限りは満点で当たり前。逆に満点を取らせないようにオリジナルな問題を出されたりすると先生に食ってかかったほど、自分の勉強法と記憶力に絶対の自信を持っていた。なので見えるか見えないかわからない大きさのキャラクターにキャーキャー喜ぶよりは（これだけの人数が押し寄せているんだから、向こうから見たら怖いだろうな）とか（ドリームスペース側は何時から準備しているのだろう）などと現実的なことを考えていた。そんな私も開園と同時にゆっくりとスペース内に入っていく先頭付近の人を見ながら、自分が柵に近づ

いてくると緊張で足が震えた。肩車から降ろしてもらいお姉さんにチケットを見せて

「いってらっしゃい！」

と満面の笑みで微笑まれた時には自然とこちらも笑っていたし、夢にまで見た憧れのキャラクターの近くに行こうものなら腰を抜かしてしまって動けなくなった、その時。キラキラとした小さな光の妖精が私の前に飛んできて、目の前で楽しそうに宙返りをしたかと思うと、ビデオで何度も見たスペースの主人公に向かって飛んでいき、大きな耳に何やら話し掛けている。

一緒に写真を撮ってもらおうとたくさんの人の列ができていたメインキャラクターは光の妖精に耳打ちされて『ウンウン』とうなずいた後、他のお客さんに『ちょっと待っててね』と合図をして私の所に走ってきて手を差し伸べた。無意識に差し出した手を力強くも優しく握って私を立たせ、ギューっとハグをしたのちにお客さんの列に戻っていった。

いくら小学二年生の私でも、クリスマスにプレゼントをくれるのはサンタクロースではなく両親ってことや、この憧れのメインキャラクターはぬいぐるみが動いているのではなく、人間が演じていることは理解していた。しかし、目の前に現れたキラキラの妖精が呼びに行ってくれて、あんな離れたところから他のお客さんにちゃんと待ってもらって、腰を抜かした私の元

に駆け寄ってくれるだなんて思ってもみなかったし、ハグしてもらったときには頭の中は真っ白で、完全にこの世界に思考も感情も全部持っていかれた。そしてこのときの驚きと感動が、私の将来を決定づけるものとなったのだ。

お父さんはどのアトラクションに乗るのかのルート確認、お母さんはどこのレストランで何時に何を食べるのかを確認、私は身も心もこの世界に持っていかれて、ただただ幸せで、まるで雲の上でフワフワしているような気分だった。お父さんに誘導されてアトラクションに乗っては「キャー」と喜び、お母さんに誘導されてかわいらしく美味しいものを食べてはホッペを押さえてニコニコしていた。そして定時に行われるキャラクターパレードでは最前列で叫び、こちらに向かって手を振ってもらえては「ホヘ〜」と幸せな気分にひたる。家族三人おそろいの尻尾を着けてチョイチョイとメイクをしてもらい、ドリームスペースお決まりのポーズで写真を撮ってもらう。どこで何をするのにも徹底的に拘っており、おトイレに行けばハンドソープがキャラクターの形になって出てくるし、手を乾かすハンドドライヤーを使用すれば

「ちゃんと手を洗ってくれてありがとう！」

と機械から話し掛けられる。スペース内で通り過ぎる住人さんたちは全員笑顔で楽しそうに

手を振ってくれるし、浮かれた私が転んだ際にはスタッフのお姉さんたちが駆け寄ってくれて笑顔で抱き起され『痛いの飛んでいけシール』を胸に貼ってくれた。食事の際に使用するフォークやナイフ、スプーンや食器も全てがキャラクター仕様になっていてかわいいし、食事をする場所から口に入れるものまで全部が夢の空間。家族三人おそろいのキャラクターキャップを被り、買ってもらったぬいぐるみを抱きしめて移動する。アトラクションに乗る際などにぬいぐるみを手放さなければならないときは、

「帰って来るまでここに座って待っているから、行ってらっしゃい！」

と、お姉さんがぬいぐるみ用の椅子に座らせてくれて、私が返って来るとちゃんと渡してもらえた。初めはこの行き届きすぎて一切の不自由を感じないサービスを子ども心に感心していたりもしたが、そこは夢の空間。現実世界はどこへやら、いつしか完全に頭の中は『楽しいでいっぱい』になっていた。

幸せな時間が過ぎるのは早いもので、昨夜の窮屈なバスでの出来事など思い出す暇もなく、閉演前の花火カーニバル。うっとり見惚れて最終最後の連発花火を見終わると、何千人もの人が名残惜しそうにスペース出口へと向かう。私と同じ、夢から強制的に現実に引き戻される感

覚を、恐らくここにいる全員が感じているのだろう。入るときと同じく出るときも凄まじい人だかりで、両親とはぐれないようにしっかりと手を繋いでパークをあとにする。

「えーっと、十二番乗り場だね」

そう言うお父さんの後ろを、疲れた表情のお母さんと一緒についていく。バス停に到着して深い溜息をつき、楽しかった今日という一日を思い出しながら待つ。楽しいことだらけだったが、やはり朝一番のあの感動は私の心臓を貫いて、どこで何をするのにも思い出しながら幸せだった。ふと顔を上げて歩く人並みを見てみると、開演前の行列やテーマパーク内では子どもも大人も弾けんばかりの笑顔だったのに、現実に戻らなければならないという残酷な閉園を迎えると、まるで魂が抜けてしまったかのような表情をしている。電車に乗って帰る人あれば、自家用車に荷物をいっぱい詰め込んで帰る人あり、私たちと同じようにバスで帰る人ありと・・・

(あれ、こんなバス停から降りてきたっけ？　バスがたくさん並んでて、トイレの横に洗面所があって、スペース敷地沿いに壁があってバスの窓からチラリと景色の一部が見えて。そして乗ってきたのは赤いバス、今から乗るのはもっと小さい黄色のバス)

「お父さん、乗ってきたバスと違うよ！　間違えてる！」

そう言う私にお父さんはしゃがんで目線を合わせ、

「ちゃんと覚えているなんて望はすごいじゃないか。でも間違えていないよ、大丈夫だから乗るよ」

と言ってギュウギュウのバスに立ったままで家族三人乗り込んだ。

（絶対に間違えてる！　こんなギュウギュウじゃなかったし、バスの大きさも色も違うもん）

お父さんとお母さんが作ってくれた空間に何とか立っている私には、外の景色なんて見えないし、訳が分からない。バスの中ではテーマパークで聞いた音楽と同じものが流れている、これでは寂しさ倍増だ。そんなことを考えている間に一度大きく揺れて、お父さんにしがみ付いたと思ったらそのあと割とすぐに満員のバスから解放されるときがきた。両親に挟まれる形で降車すると、目の前には大きくきれいなリゾートホテルがあった。自動ドアの前に敷かれたフカフカのカーペットに立つと
「おつかれさま、ゆっくりしていってね」

とキャラクターの声で言われる。三人でホテルロビーの中央まで歩いていき、お母さんと私をソファに座らせてお父さんは立派なカウンターに向かって歩いていった。壁にはキャラクター

たちが楽しそうに追いかけっこしている様子や、柱の陰に隠れている様子などがとてもきれいにペイントされている。全く状況が理解できていない私はポカンとしたまま壁の絵や、美しいシャンデリアを見ながら頭の中を整理できずにいる。

（そういえばバスに乗る時にお父さんとお母さんが持っていた大きなコロコロのついたカバンは？　あの大きなリュックは？　お父さんが立派なカウンターにものすごくお金を払いに行っているように見える。楽しい場所に来たのは良いけれど、すごくお金取られて貧乏になって学校に行けなくなったらどうしよう・・・）

現実離れした場所だからこそ、とんでもない発想になるもので、期待感しかない場所のはずなのに悲愴感を漂わせていると

「さあ、お部屋に行こう。一二五一号室だから十二階だね」

とお父さんが笑顔で帰ってきた。我が家はお父さんが和食チェーン店の店長さん、お母さんが書道の先生なので、どこかに遊びに行くといえば必ず日帰りだった。だからまさか遊びに来た先で宿泊するなんてことは思いつきもしなかったし、実際に今この瞬間も信じられない。手を引かれてエレベーターに乗り、

「十二階でーす」

というエレベーターの声を聞いてカーペットの上をドキドキしながら歩く。お父さんが持っていたカードをお部屋のドアに近づけると、『カチッ』と自動で鍵が開いて緑色のランプがついた。そしてゆっくりと扉を開けると・・・そこはベッドが三つあるとてもかわいらしい部屋で、バスの中に置いてきた荷物が全部並べられていた。こんな豪華なホテルなんてもちろん見たことないし、私にはまだ現実がわかっていない。とにもかくにもやっと座れた感満載でベッドの脇に両親は腰掛け、私はその前に立ったままでこのモヤモヤした疑問を思い切って聞いてみた。

「お父さん、お母さん・・・私、学校行けなくなっちゃうの？　お仕事なくなっちゃったの？」

溢れ出る涙を抑えきれずに大真面目で私は訊いた。これに対し両親は大笑い、私には何で笑っているのかわからなかった。

「神妙な顔をして何を言い出すのかと思ったら。望が満点取ったらちゃんと約束を果たして連れてきてあげようって、お父さんと半年前から計画していたの。この日のためにお父さんもお母さんもちゃんとお休み取ってあるから心配しなくても大丈夫よ。今日はホテルにお泊りだけれど、昨日のバスの中だってお泊りっていえばお泊りよ。望はちゃんと頑張った、それに喜んでもらいたいと親として思った。それだけのことよ」

ニコニコしながら話しているお母さんの顔を見ていたら、何だかわからない涙が止まらなくなってしまい少し困らせてしまったけど、こんなにかわいいお部屋でお泊りできるなんて本当に夢の時間。シャンプーやボディーソープの入れ物もキャラクターの形になっていて、全てがかわいい！　いつもと違うお風呂も楽しかったし、髪もきれいに乾かしてもらって、ベッドもフカフカ。三つあったどこのベッドで寝たのか覚えていないほど、楽しかった一日を思い出す暇もなく私は眠ってしまった。

翌朝ホテルのレストランで至れり尽くせりの美味しい朝食を食べ、

(楽しかった時間もいよいよ終わりだなぁ・・・)

と少しがっかり気味にお部屋に戻ると、お父さんの口から衝撃的な言葉が飛び出した。

「帰りのバスに乗る時間は夜の十時半ね、それまでコインロッカーに荷物を預けてもう一日思いっきり遊ぶぞー！」

驚いてお母さんの方を見ると、テーマパークの地図を広げて計画を立てていたお母さんが地図を置いて、今度はせっせと荷物をまとめだした。

「もう一日遊んで帰るとなると、きっとフラフラでバスに乗ることになるでしょう？　それならご近所さんへのお土産とか着替えの入った大きなバックとか、ホテルから自宅に送っちゃおうと思って」

楽しかったドリームスペースを思い出す余裕がないくらいすぐに寝てしまったのだから、帰るときにバスや電車でなるべく荷物を減らしていきたいのは子どもの私にでもわかる。

（今日もあのキラキラ妖精さんに会えるかな・・・）

私はベッドに座ってぬいぐるみを抱きしめ、あらためて昨日の出来事を思い出してみた。最初の出会いは私が尻もちをついたときに呼びに行ってくれたとき、次は人でいっぱいのスペース内でトイレまで案内してくれた。パレードのときに周りにかき消されながらも主人公を呼んで手を振っていたら、呼びに行ってくれて振り返り手を振ってくれた・・・今日はどこで待っててくれるかな？

宅配便の紙を書いてコインロッカーに預ける予定の荷物を送ってもらえるようにフロントに渡し、黄色のバスに乗ってスペース入口にあるバス停まで向かう。バスには座れて、昨日は開門を待っていた入り口も開いていたので待たずに入ることができた。それでも中は人でいっぱい、来園者が少ないのではなくて私たちがのんびり朝食を食べている間に開門していたのだ。私は身長が足りないので乗れないすごく怖そうなジェットコースターの前にはものすごい数の人が何列にも並んでいて、『三〇〇分待ち』と書いてあった。

（算数で習った。一時間は六〇分だから、三〇〇分ということは・・・五時間待ち？）

あまりに驚いて計算間違いじゃないかと何度か計算したほどだ。私たちはそういうのではなくてメリーゴーランドみたいなのとか、コーヒーカップみたいなのに家族と一緒に乗ったのでそこまで待ち時間はなかった。ホテルで朝食を食べてきたので少し遅めのお昼ご飯は、ちょっとおしゃれかわいいハンバーガー屋さん。ここでもお腹いっぱい食べてそれからもたくさん楽しい時間を過ごし、閉演前の花火カーニバル。キャラクターやお姉さんたちに手を振りながら手を引かれて門の方に歩いて行くと、

「またきっと会えるから、必ず来てね・・・待ってる」

と妖精さんの声。振り返るとキラキラとした光の粒を残しながら、暗くなっていくスペースの奥へと消えてしまった。そして名残惜しく門を出ようとしたそのとき、

「ちょっと待って、お友達を忘れているよ！　案内するからついてきて」

とふたたび妖精さんの声。ぬいぐるみがない！

「お父さん、お母さん。ぬいぐるみが無いの！　でも案内してくれるっていうから取りに行ってくる」

「待ちなさい、案内してくれるって誰が？　それにこんなにたくさんの人が出口に向かっているのに、どこにあるかもわからないぬいぐるみを探しに行くなんて危なすぎる。また買ってあげるから諦めなさい」

「待って、妖精さんが案内してくれるって！　昨日も助けてくれたしきっと今日も・・・」

「望、楽しい場所だったから帰りたくないのはわかるし、ぬいぐるみが居なくなってしまって寂しいのもわかるけど、帰りのバスに乗らなきゃいけないから。ほら、行くよ」

こうして私はぬいぐるみと妖精さんを置き去りにしたまま、帰りと同じバスに乗って同じ座席で、窓から見える『ドリームスペース』に涙ぐみながらカーテンを閉めてさようならをした。

第三色　早すぎる別れ

家に帰ってからもぬいぐるみのことは忘れられず、学校から帰っては
（ひょっとして忘れ物として、妖精さんが送ってくれているんじゃないか）

と毎日郵便受けを見たが、それが届くことはなかった。

（右足の裏に『痛いの飛んでいけシール』が貼ってある私のぬいぐるみ、絶対に迎えに行くからね！）

この時から子どもながらに将来に直結する夢へ向けて始動した。予習派だった私はそれからも成績を落とさず過ごし、宿題が出たら休み時間にやってしまう。そして家に帰ったらビデオをつけて、まずは主役の動きを完全コピーすることからはじめた。そう、私の将来の夢は夢の空間で働くこと。そしてぬいぐるみを必ず迎えに行って、妖精さんに『ただいま』をいうと決めたのだ。そのためには

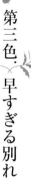

（私を抱きしめてくれたあの主役キャラになりきるのが一番近道）

幼くて未熟なアイデアながら、大胆さと勢いが大事じゃないかと考えて決めた。毎日ビデオを見てはノートに細かい癖や動き方、どっちの足から歩き始めるのかなどを書いていく。お母さんと先生と三人で行われる三者面談でも
「望さんは運動も頑張っていますし、宿題未提出も一度もありません。成績はずーっとクラスどころか学年一番ですから、きっとお母様のご教育がよろしいのでしょう」

「いえいえそんな、この娘が家で勉強している姿を見たことがありませんもの。オホホホ」

なんて、ずっとビデオを見てゴソゴソしていても叱られるどころか
「望、あれからずっと学年一番だって？　ご褒美として、今年のクリスマスにはＤＶＤプレーヤーと『ドリームスペース』のＤＶＤを買ってあげよう」

なんて言ってもらえるし、時代もそろそろビデオからＤＶＤに移り変わろうとしている頃。

当時は結構高額だったと思うけど、本当は親として連れて行ってやりたかったものが、サービス業だから休めなかった償いに・・・といったところだと思う。小学校の体育で男子は鉄棒、女子はダンスがあったのだが、毎日画面を見ながらダンスの練習をしているようなものなので、

リズムに乗るのはそんなに難しいことではなく結果、体育の成績も良かった。年が明け、三学期になるとクラスでは女子が色づき始めて

「〇〇君が格好いいからチョコを・・・」

なんて話も聞こえたけれど、私には全然興味がないので毎日完コピを練習する日々。むしろ少しずつでも動きが合ってきた方が嬉しさ倍増なので、私の小学校時代の恋人はＤＶＤだった。中学に入るとＤＶＤの種類も増えて『ハロウィンやクリスマスなどのイベントごとに基本の動きは同じでもダンスが違う』という点に気付き始めた。挫けてなるものかと毎日練習を欠かさず、そして成績を落とすこともなく私の中学校生活は順調に進んでいくのだが、中学二年生の冬。

「おかあさん背中が痛いから、代わりにお買い物行ってきて」

と言われる日があり、それは日に日に増えていった。最初はお父さんも

「寒いから痛めたんじゃないのか？」

と言っていたし私もそう思っていたが、『家でお肉を焼いて食べた後に吐く』という姿が見られ、その後にもやはりお肉を食べた後にはトイレで吐く姿を見た私はお父さんに連絡して一緒にお母さんを病院に連れて行った。それからもお母さんの

「背中が痛い」

は続き、掃除洗濯などは私が代わりにやるようになっていった。そんな寒い日曜日の朝、仕事に出ていったお父さんから

「ちょっとお店に来られないか」

と電話があり、何を持って来てくれと言われるでもなく開店前のお店に行くと、個室に通されてお父さんと二人きり。

「お母さん、すい臓がんで来年のゴールデンウィークまで・・・難しいってお医者さんから電話があったんだ。手術しようにも周りの重要な臓器に転移してしまっていて、切除できないらしくて、悪戯に痛い思いをさせるくらいなら入院してもらってせめて痛みを緩和させる方がいいと。お母さんのことを考えると、少しでも痛い思いをしなくて済むのなら入院させてあげたいと思うんだけど、望はどう思う？　本人には『すい臓が腫れているから入院して治療しよう』っていうつもりなんだ・・・」

私に話しながらポロポロと涙を流すお父さんを初めてみた。お母さんを誰よりも愛しているお父さんがそう思っているのならば、私は精一杯の演技をして、精一杯の嘘をつきとおすだけだ。

「お父さん、わかったよ。二人が居てくれなかったら私はこの世に存在していないし、命の始まりがあれば終わりがあるって理屈ではわかってる。安心して、家のことは私が全部代わりにやるしお母さんに気付かれるようなこともしない。でも、今だけ。お父さんの前でだけ・・・悲しいよ・・・」

父親の胸の中で思いっきり泣いた。

家に帰ってその日は何事も無かったかのように過ごし、翌日申し合わせ通りにお母さんを病院に連れて行き、

「すい臓が腫れているので背中に痛みが走っていますね。入院して治しましょう」

と先生からの言葉を頂いたのち、着替えやら洗面用具やら必要なものをそろえて病院を何度か往復した。お父さんから

「仕事を休んで自分も同行する」

と言われていたのだが、

「お父さんが仕事を休んで一緒に行ったら、重病だってお母さん気付いちゃうかもしれないから、テスト休みだし私が連れて行く。女同士必要なものもわかるから」

と仕事に行ってもらって私が入院手続きをした。セッセと運んでいるうちは大丈夫だったけれど、ある程度運び終わって

「じゃあ明日また来るねー」

と病室を出て誰も居ない家に帰ると、お母さんのいない空気の冷たさに悲しくて寂しくて、しばらく涙が止まらなかった。

（自分が頑張らなきゃ・・・）

と涙を拭いて、ヘタクソながら精一杯作ったエノキの肉巻きと卵焼き。料理人のお父さんからするとお母さんとの差は歴然だろうに、

「すごいな、望が作ってくれたのか。美味しいなぁ！」

と二人で泣きながら食べた、お母さん入院初日の夕食だった。

学校帰りに毎日病院に行き、『お父さんに作ってあげたいから』という名目でお母さんの味を絶対に忘れないようにたくさんノートに書いていった。

「私もカレー作ってみたんだけど、どうしてもお母さんみたいなコクが出ないの。片栗粉を溶いて入れてもトロミは出るけど深みが出ない、お母さんの秘密教えてよ」

「お母さんのカレーには最初の段階で、刻んだニンニクと玉ねぎをバターでよく炒めてからお肉や他の野菜を炒めて煮るの。そして隠し味にインスタントコーヒーを少し入れてあるの。これを入れることによって、味に深みとコクが出るのよ」

「前にお母さんに教えてもらった通りお味噌汁作ったんだけど、なんていうのかな・・・ちょっとキツイ感じがするの」

「それはカツオの一番出汁を使っているからじゃない？　お母さんは一番出汁は他のお料理に使って、お味噌汁には二番出汁を使うようにしているわ」

などなど、まるで自分ががんであることを知っているかのように、お母さんも私に何かを残そうと辛い体を持ち上げて教えてくれた。日ごとに痩せ細っていく姿を見ながら
「美味しいラーメン屋さんができたんだよ！　退院したら一緒に行こうね」

などと精一杯の作り笑いにお母さんも笑顔でこたえてくれる。痛いながらも歩けていたものが、点滴の支柱につかまらないと立っていられなくなり、桜が咲き始めるころには起き上がることもできなくなっていた。骨と皮だけになってしまったお母さんの細い腕をさすりながら、最近はめっきり病院に顔を出さなくなってしまったお父さんのことを考える。

「延命治療はしませんので、せめて痛みだけは軽くしてやってください」
と言ったお父さんの言葉通り、副作用があって通常は投与されない強い痛み止めが点滴から投与される。これを使うにあたり
「この薬を使うとお母さんの痛みは緩和されますが、徐々に記憶が曖昧になり、最終的にはご家族であることも認識できなくなるでしょう」
と言われていた。そして先日お母さんの口から
「どなたですか？」
と弱々しくお父さんに放たれた言葉にショックを受けて、病院に来なくなってしまった。私も名前を呼んでくれることは無くなったけれど、幼い頃にお母さんにしてもらったように、彼女の髪をブラシで解いてあげている。病院に顔を出すわけでもなく、休みの日にはパチンコに行ってお酒を飲んで帰って来るお父さんとの距離はだんだん開いていった。仕事が終わった後にもお酒を飲んで帰って来るので、もう私が夕食の準備をすることもなくなっていた。
私はといえば中学三年になり、志望校を決めるための三者面談が頻繁にあるのだけれど、家庭の状況は担任の先生に話してあるので面談免除。以前のようにお母さんが学校に来てくれて

先生から褒められ、一緒に帰宅していたのを思い出す。誰かに褒めてもらうのが力になるなんて、応援されるのが嬉しいなんて、そんな気持ちを忘れてしまっていたことに今さら気がついた。厳しい現実を前にどこかで感情をオフにして生活していたのかもしれない。クラスの友達からは

「もう三者面談サイアク！　ボロボロに言われたし、もっと真剣に勉強しないと滑り止めも危ないってさ。望はいいわよねー、成績優秀でどこでも自由に選びたい放題なんだから」

なんて言われているが、先生以外に我が家の状況を話していないので友達の言葉に悪意が無いのはわかってる・・・。そして中学三年生の春に行われる行事、修学旅行。これが二泊三日で毎年必ず『ドリームスペース』なのだが、現状私がお母さんを置いて行けるはずもなく、病欠ということにしてもらった。この間は私も学校は休みなので、ずーっとお母さんの側に居られる。みんなが新幹線に乗って出発した頃にいつも通り病院へ向かうと、私が入るより早くに担当の先生がいらっしゃり、

「今晩を乗り越えられるかどうか・・・」

と言われた。聞こえているのか聞こえていないのか、もうお母さんは会話もできないし、ど

こを見ているのかもわからない。いつもよりもゆっくりと息をしながら半分空いた目で天井を見ている感じのお母さんに、

「今日は中学校の友達が『ドリームスペース』に修学旅行で行ってるんだって！　私が連れて行ってもらった時はバスだったけれど、新幹線だって。ねぇ、お母さん。あのときは腰を抜かした私にキャラクターがギューって、抱きしめてくれたよね。ほんとはあのとき、すぐに駆け寄ってお礼がしたかったんだ。だから、お父さんとお母さんと三人で翌週にでももう一度遊びにいきたかったんだよ。なのにあっという間に時間が過ぎて、あっという間にお母さんが病気になってしまって、ずーっと私の気持ちは薄暗くて晴れないんだよ。なんでこんなに悲しいことが起こったの？　だれに助けを求めればいい？　お母さんは今、応援してくれる？」

なんてずっと話しかけながら、あの時のキャラクターのようにギューッと力強く手を握ったまま、何とかその夜は無事に過ぎた。変化が起きたのは翌日、昨日からの雨が止みそうなお昼頃、お母さんの呼吸が酷く苦しそうで息を吸うペースも遅くなってしまったので慌ててナースコールを押し、先生に来てもらうと

「ここから人工心肺を着けてお母さんの呼吸を補助し、お父さんが病院に居らっしゃるまで延

命することもできますが、どうしますか？」

と言われたが、最近では仕事が終わっても家に帰ってこない日もあったので、

「大丈夫です。このまま自然の流れで天国に行かせてあげてください」

と先生に答えた。それから三十分ほど苦しそうに息をしていたお母さんに
「お母さん、お疲れ様でした。もう大丈夫だから楽になって」

と耳元でくと一変穏やかな顔になり、呼吸も緩やかに止まっていきながら最期には肺に溜まった水と血液を鼻と口から溢れさせて、五月二日午後一時三十八分、お母さんは天国へと旅立った。ずっと雨だれの音かと思っていたのは、点滴が落ちる様子ばかりを見ていたから起きた錯覚で、空にはもう上がったことを示す虹が、掛かっていた。

（絶対に泣かない、崩れない）

と固く決意していた私は、お母さんが別室に運ばれてきれいにしてもらっている間に、お母さんが着てきた服や履いてきた靴などを
（もう、これを着ることは無いんだね・・・）

と呟きながらバックに詰め込んでいた。そのとき、ものすごい勢いでバタバタと廊下を走っ

てきて病室に飛び込んできた人。お父さんと呼ぶべきかどうか迷う人が半ば無気力になりかけている私を抱きしめて、

「望、ごめん。お父さん・・・間に合わなかった。こんな辛い思いを望一人に押し付けて逃げてて、本当にごめん。もう逃げない！　今まで逃げてきた分、お母さんに笑顔で安心して天国に行ってもらえるように逃げないから！　泣き虫な望を昔みたいに泣かせてあげられるように、お父さん頑張るから」

私の前に正座してポロポロと涙をこぼしながら必死で訴えるその姿を見て、私の中で必死に繋ぎ止めていたものが一気に噴き出した。

「おとうさ・・・ん、あのね・・・私が『お疲れ様』って言ったら・・・お母さんが、お母さんが・・・あの時ホテルで荷物をしまってくれたお母さんの荷物を私がしまってて・・・」

お店でお母さんの状態を聞いたあの日から一度も泣くことなく、必死で笑って嘘ばかりついてきた。お母さんに『お疲れ様でした』って言った時、ホッとした顔をした・・・

（お母さん、全部わかってたんだね）

とめどなく涙があふれる、お父さんの胸にしがみ付いて泣いて、泣きすぎて頭がガンガンす

るのに涙が止まらなくて・・・気が付くと病室に寝かされており、看護師さんが横に居てくれた。

「大丈夫よ、駆けつけてくださったお父様がお母さんを見てくださっているわ。貴女は過呼吸を起こして気を失い、熱も四〇度近くあったからここで点滴をしているの。お母様はきれいな体になって、地下一階の霊安室にお父様といらっしゃるわ。きっと二人が出会われた頃の話や、娘の成長についてお話していらっしゃるんでしょう。ショックで出た高熱も下がったし、あと十五分くらいかな。この点滴が終わったらご両親の元に案内するからもう少し我慢してね、私は横にいるからね」

『もう泣くまい』と我慢しても、涙は溢れてくる。それをガーゼで優しく拭いてくれながら看護師さんは話をしてくれる。

「私もね、若い時に母を病気で亡くしているの。辛くて悲しくて、貴女のように気を失って看護師さんに面倒を見てもらったわ。その時の看護師さんが本当に優しくて、私はこの職に就こうって決心したの」

涙を拭いてくれつつ、残りの点滴を確認しつつ、話を続けてくれる。

「この仕事をしているとね、毎日のように『出産』っていう新しい命に出会うし『臨終』っていう終わりにも出会うの。でも我々医療従事者はどちらの気持ちも汲み取ることができない、正確にはご家族が気持ちを受け入れるお手伝いしかできないの。こちらの病棟でお母様が旅立たれた少し後に、隣の病棟では元気な双子ちゃんが産まれたわ。お母様はきっとどこかで新しい命となって産まれている、だから『さよなら』じゃないのよ。病院は『命が始まる場所』なのだから」

そういってニッコリ微笑みながら再びガーゼで涙を拭いてくれて、点滴を外して止血シールを張ってくれた。それは私が転んだ時にスタッフのお姉さんたちが貼ってくれた『痛いの飛んでいけシール』のようだった。お母さんを見送ってくれた虹を見納めしようと窓を振り向くと、もう消えていた。考えてみたら雨が降らなかったら虹は掛からないし、その淡くカラフルな光を美しいと感じることもできない。人生悪いことばかりじゃないって、雨から始まることもあるって、天国のお母さんが最期に伝えてくれたのかな。私がちゃんと歩けるかどうかを確認した後に、看護師さんはとても優しく霊安室まで付き添って歩いてくれた。

「望ちゃん、将来の夢ってある？」

「小学生の時に両親に『ドリームスペース』に連れて行ってもらって、ものすごく感激したんです。それから毎日ビデオを見てスタッフさんたちの動きを研究してきました。私は夢を与えられる仕事に就きたい、あの場所で働くことが私の夢です」

「その夢、絶対に叶えなさい。お母さんもきっと喜んでくれる、夢を与えられるお仕事なんて素晴らしいじゃない。お姉さんも応援するよ」

そんな話をしながら一般の患者さんが絶対に通らないであろう、あのテーマパークの秘密の入口のようなところからエレベーターで地下におり、両親の元まで連れてきてくれた。

「これから望ちゃんの夢に向かって、お父様もお母様も応援してくれる。そしてさっき話したように、お母様はすでにどこかで幸せに生まれ変わっていらっしゃると思うの。だから『さよなら』ではなく『いってらっしゃい』ってお母様を見送ってあげてね」

お父さんがお母さんの顔に被せられている白い布を取って見せてくれる。痩せこけていた頬はふっくらとして顔色が良いようにチークを塗ってもらい、唇にもきれいな口紅を塗ってもらったきれいなお母さんの姿がそこにはあった。真っ白な衣装を身に着けて、立派な棺の中でまるで眠っているかのようなお母さん。

「応援しているわよ、望らしく頑張りなさい！」

と言ってくれているような穏やかな表情だった。棺が固定できる特別な黒い車にお父さんと私、そしてお母さんも乗って家の近くにある大きな斎場まで運んでもらった。到着すると親戚やお母さんの友達、習字の生徒さんたちがすでにたくさんいらっしゃり、学校の先生たちも来てくれていた。お父さんの会社からもいっぱい来てくださり、たくさんの人に見送られながらお通夜そしてお葬式と時は過ぎていった。

お通夜の日。駆けつけてくださったたくさんの人にご挨拶をして、深夜一時ごろに私たち親子三人だけのほんのわずかな時間ができた。お父さんと一緒に思い出話をしながらきれいにお化粧をしてもらったお母さんの顔を見ていると、異変に気付いた私は大きな声をあげた。

「お父さん、お母さんがおでこに汗をかいてる！　ひょっとして心臓が動き出したんじゃないの？　早くお医者さん呼んで！」

「望・・・息をしていないし心臓も止まっているよ。おでこに汗をかいているように見えるのは、お母さんの周りに敷き詰められているドライアイスのせいだよ。お母さんのほっぺたを触ってごらん」

そう言われてほっぺたを触ってみる・・・ビックリするくらい冷たかった。どこか信じたくなくて認めようとしなかった『お母さんの死』が自分の中にはっきりと刻まれた瞬間でもあり、悲しみを抑えてそれを説明してくれたお父さんに申し訳ない気持ちでいっぱいになった。

翌日。お父さんは喪服、私は制服を着てお見送りに来てくださった方々に深々とお礼をして斎場をあとにし、お花でいっぱいになったお母さんを見届けて最後のお別れをすべく火葬場へと向かった。

（お別れをしてこの分厚い扉が閉まると、次に会うのはお骨だ）

とわかってはいたものの、お父さんも私もお骨となってしまったお母さんを見て溢れる涙が止まらなかった。小さな骨壺に納まってしまったお母さんを自宅に連れて帰り、お父さんと思い出話をしていた時だった。修学旅行から帰ってきた何も知らされていなかった友人たちが、いったん帰宅して親から母の訃報を聞き、着替えることもなく制服のまま駆けつけてくれたのだ。もちろん修学旅行に同行していた他の先生たちも来てくれて、ある意味お父さんと二人きりになってしまった寂しさを吹き飛ばすかのように、ものすごい人数が集まってくれた。男子も女子もみんな泣きながら手を合わせてくれて、受け取ったお土産は部屋に入りきらないほどいっぱいだった。

「こんなに友達に大切にしてもらって、お母さんもきっと喜んでいるよ」
お父さんは少しほっとしたような笑顔で、集まってくれた友達や先生たちにお供物を手渡しながら、一番仲の良い美華は
「何も知らずに、私たちだけ呑気に遊びに行ってしまってごめんね」
とワンワン泣いてくれた。気の置けない友からの直球のお詫び、さすがにこれには私も我慢できず、一緒になって泣きながら、抱きしめてくれる女の子や硬く握手をしてくれる男の子、そして先生方にありがたい気持ちでいっぱいだった。

第四色：高校入学

母の不幸で下ばかり向いていられない！　大人への出発点、高校の入学式であり晴れやかな舞台の一日目の朝、私は落胆しながら家を出た。

（昨日の天気予報では晴れていたのに・・・）

やっぱり雨というものは気分が下がるので足取りは重い。幼い頃に新しいビニール傘と長靴を履いて、無邪気に雨を楽しんでいたのを思い出す。この年齢になると『身だしなみ』を気にするので、雨も雪もあの時のように楽しめるものではなくなっていた。

傘というのは頭から上半身までが主な防御範囲で、靴や靴下に至ってはほぼ防御力ゼロ。小さく折りたたんだ替えの靴下はカバンに入っているが、帰宅時に靴を履く際には再び気持ちの悪い思いをしなければならない。そんなこんなで濡れながら地元高校の入学式に出席すべく電車で移動する時に、同じ高校になった唯一の友達と同じ電車で出くわした。

ニコニコ笑顔の瞳の奥に『いじりたくて仕方ない』色を感じた私は視線を逸らしてわざとらしく知らん顔をするも、こんな小細工が通用するわけもなく、

「お・は・よ・う！」

と挨拶をされる。応えたら次に言われることはわかっているものの、友達からの挨拶をスルーするわけにもいかず、

「・・・おはよぉ」

と返す。

「いやぁー、今日も良い天気ですねー」

予想通りの展開にも相手は母の不幸も知っていながら明るく接してくれている仲なので、事前に打ち合わせてセリフを決めている漫才のように対応する。

「美華・・・それ以上いじると泣くぞ？」

「もぉー、いつものことじゃんか。一緒に濡れてあげるから高校生活楽しも！」

彼女は天真美華（てんま　みか）、やたらと私に懐いてくれる幼稚園からの幼馴染みたいなものだ。私が夢追い人なのに対し、小学校も中学の時も同じ男子を思い続け、結局告白できずに

終わってきた甘酸っぱい記憶の持ち主。環境は違えど、幼馴染みだからこその心強い味方であることは間違いない。

これから我々の学び舎となる『聖環高校』は、電車を降りて駅から数分の場所にあり、交換留学生も受け入れるような比較的レベルの高い歴史のある学校なのだが、よっぽど奇抜でなければある程度自由が許されている緩めの校則が魅力の一つでもある。最近の流行りにもそれなりに敏感で、近所の先輩がこの高校へ通っているのを見ていて、制服もどこかオシャレ。何を隠そう、私も制服に憧れて受験した口である。中学時代に美華と追いかけていた憧れの美男子うっちん先輩とは残念ながら別の学校になってしまった。

うっちん、という名前はウワサしているときに本人にはバレないように苗字の途中の文字から取って女友達風の響きにした、ひねりにひねったあだ名である。美華がカッコいいとあまりにもいうので私もつられてうっちん先輩が好きだったけれど、告白どころかろくに話もできなかった。おそらく顔は知ってもらったと思うけど名前もろくに憶えられてなかっただろう。他には、〝みっちん〟や〝あいちゃん〟など見目麗しい男子を女友達のように名付けて仲間同士でそれぞれの本命のためにこっそり追いかけ、そのキュンとくるかっこいい行動を極小の手紙にしたためて情報交換するのが楽しくて仕方がなかった。人嫌いの美華のほうがなぜかうっちん先輩も含めたそれらの男子たちとさりげなく近づいて話すのが上手だったから、私も高校デビューとまではいかないまでも、親しい友人が男女問わず増えると良いなと期待している。

（入学したらきっと何かのクラブや委員会に入らなきゃいけないだろうから、できれば知り合いのいる所にお邪魔したいなあ）

と思ってたので、

「西野さん、興味があったら遊びにおいでねー」

と言ってくれるお姉さんのお誘いは入学前からすごく心強いものだった。たまたまご近所に、クラブ活動や委員会活動にも携わっている近所のお姉さんが何人かおり、みなさん母の葬儀に参列してくれた、すごく優しい人たちなのだ。言わずもがな、お姉さんイコール先輩なのだ。

新しい学び舎で美華と中学の頃とさほど変わらない雰囲気でお喋りしてると、教室に先生らしき人が入ってきた。何を言うでもなく慌てて席に着こうとしている私たちには目もくれずに誰かを探している様子で、キョロキョロと周りを見渡し『探している人間はここには居ない』と確認ができたようで教室から出ていった。

（初日から迷子探しだろうか、果たしてそれは生徒か先生か・・・）

なんて考えながら新しいカバンをゴソゴソしていると、廊下で先生らしき人が三人ほどで話をしている。

（よほどの問題児が入学初日に行方不明なの？）

校内に響き渡るチャイムと同時に、すこし髪の毛の寂しそうな先生が廊下から顔だけ出して
「教室内の一年生は体育館に移動するように」

と指示を出す。中学のときは上履きだったものが、高校になってゴム製のスリッパに変わったことで、ペタンペタンと音をさせながら廊下を通って体育館に通ずる長い通路で空を見上げると、どんよりとした雨雲がまだ大量の雨を降らせていた。体育館にはブルーシートが敷き詰められてパイプイスが並べられており、『スリッパのまま入ってクラスごとに座ってください』との張り紙を見て各々椅子に座る。

「新入生の皆さん！　ご入学おめでとうございます・・・」

で始まった悪夢のような校長先生の長すぎるスピーチを聞きながら、眠いやらお腹が空いたやらでボンヤリしていると、誰かが体育館の周りを走りながら鍵のかかっていない体育館の扉

を探している様子がわかった。ペタンペタンと足早な音の後に、ガチャガチャと扉を開けようとする音が聞こえる。

（なんだなんだ？）

とざわざわする中で、話している校長先生に一番近いドアが勢いよく空いた。そして

「すんません、おもいっきり寝坊しました！」

という見た目どこにでも居そうな、それでいてとても面白い登場をした男子生徒が息を切らしながら立っていた。

「やっと来たか、おっせーよ」

と、ひときわ目立つ長身金髪の男の子にからかわれる中、

「新入生代表で挨拶するヤツが寝坊するな！　昨日ちゃんと打ち合わせしただろ」

と先生からも叱られ、両手を合わせて申し訳なさそうにハニカミながらスリッパを脱いで入ってきて、濡れた靴下を気持ち悪そうに引っ張っている。その様子に体育館からはドッと笑いが起こり、

「スリッパは履いたままでよろしい！　そのまま一番前の席に座りなさい」

とまたもや叱られ、照れながら私たちと同じ方向を向いて座る。校長先生もヤレヤレといった表情で、そこからのお話は短く終わった。そして進行役の先生からのアナウンス、

「新入生の挨拶。代表、ハデに遅刻してきた男神晴人（おがみ はると）」

派手に遅れてきて一番前に座っていた男子が

「ハイ！」

と元気よく手を上げて立ち上がり、壇上に登って話し始める。こうして一気に眠気の吹っ飛んだ『入学おめでとう』もあっという間に幕を閉じた。初登校を終えて、とりあえずベッドに転がった瞬間に思い出す。

（そういえば、明日はクラブ活動の説明会があったっけ・・・）

こうしちゃいられないとばかりにベッドから飛び起き、カバンから今日もらって来た一学期の予定表を眺める。屋外でのクラブ説明会、これは私が楽しみにしていたイベントだ。高校のグラウンドはさまざまな競技場と併用しているため、中学のそれとは比べ物にならないほどの広さと、クラブ活動での備品も充実している。こんなに広い場所でクラブの説明を受けるのだから、今日みたいに雨なんて降ろうものなら最悪だ。

週間天気予報を確認したら晴れている。それを確認してからルーティンになっている『完コピ』を欠かすことなく行って就寝した。

翌朝目覚めると天気予報は大当たり！　真っ青ないい天気に気持ちも晴れる。制服に着替え、リビングでネクタイを締めている父におはようを告げて、駅へ向かう。午前中は文化系のクラブ紹介が体育館で行われるので、チャイムが鳴ったら荷物を置いてクラスごとに体育館へ向かうことになっていた。

（文化系で知り合いとかいたっけ？　声を掛けてくれていた近所のお姉さん方を思い浮かべても、該当者なしなので文化系はパスね。やっぱ高校生活でアオハルといえば、体育会系よね！中学の時にテニス部だったからテニス部で活躍できたらいいな）

なんて失礼なことを考えながら文化系の紹介を一通り聞く。文化系といっても結構種類があるもので、まもなく長針と短針がくっつこうとしている頃に全ての説明を聞き終わった。待ってましたお昼休み！　周囲がワイワイ食事をする中、教室の窓際で美華と向かい合わせに机を寄せ、黙々と無言で食べている。別にこれといった決まりはないのだが

「食事中に口の中が見えるのは、女の子として恥ずかしいことよ」

と教えてくれた中学校の先生の言葉が、お互い頭に残っているのだろう。二人そろって『ごちそうさま』をして、ぼーっと空を仰いでいた。

お腹も膨れてウトウトしかけていたその時、校内放送が流れてきた。

「一年生の皆さん、午後一時よりグラウンドにてクラブ紹介を行います。五分前にはグラウンドに整列してください」

一年生全員に集まると、クラブ紹介の準備をしている先輩方や先生方がいた。クラブ紹介が始まり説明を聞きながら、パンフレットを見て紹介文を読む。

(近所のお姉さんは確かテニス部だったから、この次だな)

中学の時からテニス部に所属していた私は、先輩からの声掛けもあって紹介を待っていた。しかも先輩の話では、この学校からテニスの四大大会に出場したフランスの留学生も居たと聞く。ワクワクしながら待っていると、

「お前、相変わらず遅刻魔だなー!」

(この声は、体育館で聞こえた金髪男子の声だ)

「目覚ましアラームが止まってたんだから、しかたねーだろ!」

（この声は・・・入学式で遅刻した人の声だ）

どんな人なんだろうという興味からコッソリ振り返ってみるが、テニス部の『立ててあるペットボトルをサーブで正確に射貫く』という妙技が見事成功したようで、大きな歓声とスタンディングオベーションが起こり、はっきりとわからなかった。これからお世話になるかもしれないテニス部の紹介を一生懸命聞いていると、あっという間に時間は過ぎて終業時間。美華は、

「ごめん、家の用事があるのでお先にドロン！」

とすぐに帰ってしまった。彼女の家は定食屋さんを営んでいらっしゃるので、年ごろの娘となれば進んで手伝いを買ってでる。私はといえば家に到着してすぐに、仏壇のお母さんに制服のまま話しかける。

「お母さん高校ね、日本人の他にいろんな国の留学生とか居て楽しそう！」

写真のお母さんは何を返してくれるでもなく、ニコニコと微笑んでいた。

翌朝、高校生になってから初めての休日。ゆとり教育の名残が残り、現在も土曜日と日曜日が学生の休日になっている。こんないい天気の時に限って遊びに行く予定もなく、青空を眺めながらベッドの上でボーッとしているとスマホがブーンと震えた。画面を見るとＳＮＳ経由の

通知、美華からだ。

「おはよ、美華だよーん。現在新メニュー開発なう、来ない？」

美華のご両親が新メニューを開発中なので試食に来ない？　という意味だろうと察しは付いた。彼女の定食屋はこの地域でも美味しいと評判で、なにより『食材にも拘っている』という点がより大きな評判を生んでいた。

（新メニューを先に食べられるなんて、めっちゃラッキーじゃん！）

と飛び起き、

「おっつー、おけまるー」

と返信した。外に出られる格好に着替え、ご機嫌なスニーカーを履いて玄関を開ける。

（お邪魔するのだから、美華のご両親に手土産でも買って行こう。あそこの家族、みんな甘党だったよね。春だし『いちごフェア』とかやっているだろうから、何か持っていこう）

途中立ち寄ったスーパーの陳列棚には、和菓子から洋菓子までさまざまな『いちご商品』がきれいにならんでいる。中でも『いちご大福』がうっすらピンク色でかわいかったので買い物かごに入れ、ジャカジャカと自転車をこいで到着し、美華のご家族と談笑しながら新メニューをお腹いっぱい美味しく頂いて、別腹の『いちご大福』も一緒に食べて帰宅した。

第五色．これってもしかして？

周囲の子が自分で選択した部活動に勤しんでいる中、私はと言えば・・・まだ仮入部ではあるものの女子テニス部で球拾いをしながら先輩のプレーに見とれつつ、男子テニス部の男神君をこっそり探していた。この男神君というのは金髪の山寺君といつも仲良くつるんでいるテニス部のエースで、入学式早々に寝坊をぶちかました男子生徒だ。

そしてそのエースがクラブ紹介の日に、隅々に置かれたペットボトルを正確無比に打ち抜いてみせたのだということを後に先輩から聞いたのだ。これだけでも興味津々なのに、さらに驚いたのは『全国中学生テニス選手権大会優勝者』だというではないか！　この学校は全国高校インターハイ選手権大会においてダブルスの部で準優勝をしているほどのテニス強豪校だけにそんな子が居てもおかしくはないが、まさか彼がそんなにすごい人だったとは・・・

やっと見つけた！　先輩たちと互角に打ち合うどころか、圧倒している。

（普段あんまり喋らないから知らなかったけれど、すごいなぁ）

と見惚れてしまった瞬間
「危ない！」

という声と同時に私の視界には雲一つない青空が写っていた。そこから記憶が飛んでいるけど、気付いた時にはズキズキとした後頭部の痛みと共に、保健室のベッドに寝かされているのがわかった。

「あら、気付いた？　後頭部打ったみたいだから、これから念のために病院へレントゲンを撮りに行きます」

と保健の先生に連れられて、近所の総合病院で頭の断層写真を何枚か撮る。

「脳に損傷もなく、出血もありません。しばらくたんこぶができるので冷やしてくださいね。おだいじに」

そう診断されてほっと一息。再び先生の車で学校の門をくぐり、車が駐車場に停まったその時。

「先生、どうでした？　西野の検査結果大丈夫でしたか？」

頭を下に傾けて後頭部を冷やしているので、誰かが運転席の先生に話しかけているのだけはわかる。同じテニス部だけに私の苗字くらいは他の部員から聞いているのだろう。

「ええ、脳に異常はなかったわ。でも少しふらついているし、もう少し保健室でボールが当たったオデコと後頭部はアイシングして休ませるわ。彼女の荷物は他の女子部員に保健室まで届けさせてくれる？」

「わかりました。ふらついているんなら、オレ運びます！」

助手席に座っている私側のドアが開き、ヒョイと抱えあげられて保健室のベッドまで運ばれてゆっくりと降ろされ、そっと布団が掛けられる。

「痛い思いさせちまってごめんな、他の部員に荷物もってこさせるよ」

この歳になって抱っこされるなんて思ってもみなかった私は、恥ずかしくて私を抱えてくれている人の顔を見ることができなかった。

（柔軟剤の香りかな、ちょっといい匂いもした）

その人が保健室から出ていった気配を感じながらも布団をかぶってドキドキしている。その数分後、うわさを聞き付けた美華が保健室にやってきた。

「大丈夫？　痛くて顔も出せない感じ？」

すごく心配そうな声が聞こえる。

「年頃の女の子がエースに抱っこされちゃって、キュンキュンして恥ずかしがっているだけよ。頭は打っているけれど、病院には行ってきたし大丈夫よ」

布団から目だけ出して
「そういうことみたい・・・美華、心配させちゃってごめんね」

心配から一転、キョトンとした表情の美華。

「エースからの話によるとね、自分の打った強い球が西野さんのオデコを直撃して、彼女は地面に後頭部を打ちつけた。意識を失っているので、急いで連れてきました・・・と、彼女を抱っこして保健室まで連れてきたの。その王子様は先輩女子部員に彼女の荷物を持ってこさせ、そして病院から帰ってきたばかりの頭を打った女の子を再び抱っこしてこのベッドに寝かせた・・・ってわけ」

「エースって、クラブ紹介の時にテニス部ですごく目立ってた人ですか?」

コクリと先生はうなずいた。

ビックリした様子で私の顔を見ている美華を見上げていると、

「失礼します！」

と男子生徒の声がして、私は急いで布団にすっぽりともぐりこんだ。

その足音は近づいて来て話しはじめる。

「テニス部の男神っていいます。ここにいるってことは彼女の友達かな？　申し訳ないけど、家に帰るまで一緒に居てやってくれないか？　西野、まだフラフラするらしいんだ。頼む」

「はい、大丈夫です」

「ありがとう！　それでは先生、オレ練習に戻ります」

足音が遠のいていく。そっと布団から目を出すと、美華がものすごく近くで私を見ていた。

「そういうことですからー、ちゃんと送り届けますので動けるようなら帰りましょう。彼へのお礼は後日ということで・・・」

付き添われて荷物も全部持ってもらって、後頭部にアイスまくらの小さいバージョンを当てながら一緒に帰ってもらう。そして翌朝、窓を開けて見上げると今にも泣きだしそうな雨雲に覆われている。

（まあ、大丈夫でしょ！）

と食パンにかじりついていると、いつもの出発時刻よりも十五分ほど早い時間に玄関のチャイムが鳴った。心配した美華が迎えに来てくれたのだ。

「打ったところ大丈夫なの？」

心配そうにのぞき込んでくれる美華に

「うん、大丈夫！　たんこぶも小さくて、もうわからなくなっちゃった」

と笑顔で返す。改めて二人で空を見上げると重そうな雨雲がゆっくりと動いている。学校に到着すると、校門を入ってすぐのところで男神君が声をかけてきた。恐らく私たちが来るのを待っていたのだろう。

「おはよう、やっぱりまだ痛いのか？」

美華は気づいて立ち止まるも、私はボーっとしていて気付かない。その様子はまるで男神君を無視して歩いてるような感じ、彼は心配そうに追いかけてきて私の肩に手を掛ける。

「おい、大丈夫か？　昨日のこと怒らせちゃったのならゴメン。オレも何が最善なのかわからなくてさ」

この時初めて男神君が私に声を掛けてくれたことに気付いた。しかも助けてもらったのに謝らせてしまっている、これはイカン！

「違うの、ごめんなさい。ちょっとボーっとしちゃってて。こちらこそちゃんとお礼を言わなきゃいけないのに本当にごめんなさい！　傷もなくって、もう何ともないから」

「そっか、大丈夫ならよかった」

そう言って校舎の中に入っていく後ろ姿に、

「あの、ありがとう！」

と叫ぶと、振り向かずに手をヒラヒラさせて校舎内に消えていった。

第六色 アオハル恋愛食堂

いつもエース男神君と一緒に居る仲良しの山寺君、彼のお気に入りは定食屋【晴天（てん）】。一度気に入ると同じところばかり通ってしまう性格の山寺君は、足しげく来店しては、お気に入りの『大盛りミックスフライ定食』を毎回注文する。お母さんがテーブルに置くとすぐに
「いただきます！」

とモリモリ美味しそうに食べて、食後に必ずおしぼりでテーブルを拭いて
「大将、おばちゃん、ごちそうさまでした！」

と、他にお客さんの居る居ないに関わらず、元気に挨拶していく。

「若いのに、律儀で珍しい子だな。食べっぷりもいい！」

と店長である父からも、なかなかの高評価を得ていた。

娘である私は家で普段は何かと店の手伝いをしているのだが、同級生が来ている時は表に出

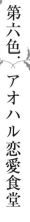

ることなく、その様子をキッチンからずっと見てきた。

「外で食事をして、あれだけ行儀のいい子はなかなか居ないぞ。食べっぷりもいいしちゃんと挨拶もできる。美華、ああいう子だったら彼氏で連れてきても、お父さんは許す！」

なーんて彼が来るたびに言われるもんだから、全然そんな気なかったのに不思議と気になるようになっちゃって。あの食べっぷりと愛想の良さを見続けていたら心が揺れても仕方がないのかもしれない。

学校では自分のお気に入りの食堂が私の家だって知らない山寺君が、お店のことを大きな声でみんなにめちゃめちゃ自慢してくれる。それを聞いていると素直に嬉しい、私もその会話に乱入する形で一緒に盛り上げていた。

「偉いよね、自分が行ったお店を褒める山寺君は偉いぞぉー！」

と言い続けて来た。部活の無い学校帰りに彼らとクレープを食べたりしながら、徐々に距離も縮まってきて、

「今度そのお店に連れて行ってよー」

なんて言えるようになってきたんだ。お店に二人で顔を出したら、両親も彼もびっくりする

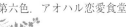

だろうなー。

「今日一緒に食べに行こ！」

でも、いくら誘っても

「また今度ねー」

と言われてしまう・・・全く約束してもらえないまま何日か過ぎた。

ちょうど両親が仕込みをしていて、私がテーブルの上を片付けているときに彼が来店したのが運命の日になった。普段着にエプロンをして働いている姿は、正直貧乏くさい。何だかこの姿を見られたことがものすごく悲しくなっちゃって、急いで奥に引っ込んだの。これを見た山寺君はひどく動揺したみたいで、オロオロしている彼に

「裏にいるから、声を掛けてあげて」

とお母さんが声を掛ける。お店を出てすぐ脇にある細い路地を入ったところがお店の裏口になっていて、見られたくない姿だったのを気にして外に飛び出したはずが、着替えてもいないのにもう山寺君に会いたいような、迎えに来てほしいような何とも言えない気分でしゃがみこんでいたら山寺君が近づいて来て

「驚いたよ、ここ天真の家だったんだな。もっと早く教えてくれたらよかったのに、オレ何度も食べに来ているんだぜ？」

「自分の家だもん、山寺君が来てくれていることくらい知ってるよ・・・だから、何度も一緒に食べに行こうって誘ったじゃん！」

ちょっと怒るような口調で言い返してしまった、なんで感情的になってしまったのか自分でもよくわからない。

「あー。そういやぁ、そんなこと言ってたな」

この言葉が私の心に深く突き刺さり、火に油を捧いだかのようにさらに私を激高させた。

「うちのお店のことを褒めてくれてたのがすごく嬉しくて・・・一緒になってワイワイしていた私、バカみたいじゃん！　あんなに誘ったのに山寺君にとっては『そんなこと言ってたな』くらいのことなんだね。一度も首を縦に振ってくれなくて、お店に来てくれる常連さん、いつもご来店ありがとうございます！　もしも『同級生の店だとわかったから来にくくなった』って、山寺君が来てくれなくなったら『顔出したばっかりにごめんなさい』って私、両親に謝るから！」

すごく寂しくて悲しくて、気がついたら泣きながら彼に大きな声で怒鳴ってた。

「ものすごく嫌われているのね・・・私。勝手に仲良しなんて思ってた、あー！　みっともないったらありゃしない。もう恥ずかしくって学校なんて行きたくないわ。定食屋の娘なのに、常連さんにこんな嫌な態度とってしまってごめんなさいねっ！　申し訳ございませんでした！」

言いたいことだけ自分勝手に彼にぶつけて裏口から店の中に戻ろうとドアノブに手をかけたとき、

「おい、ちょっと待て」

フリーになっている私の左腕を彼がつかんだ。

「気安く触らないで、チャラ男！　大声出すわよ」

「・・・なんでだよ」

そう言って彼はつかんでいた腕から手を放し、私の手を握りしめた。

「なんでそんなに冷たいこと言うんだよ・・・」

彼の頬を一筋の涙が流れて、ポトリと地面に流れ落ちた。

「そりゃ男神は全中制覇してるし口数少ないしクールだし、格好いいよ。それに比べたら天真も学校で見ただろ？　俺なんてとんでもねぇ暴力野郎のクソヤロウだよ。それでもさ、みんな男神に憧れてるってわかってるから。好きな女の子に素直に『好きだ』って言えない気持ち、天真にはわかるのかよ？」

先日鬼の形相で男神君をにらみつけていた男の子が、寂しそうに私の手を握りしめて涙を流していることに戸惑ったのと、彼が言っていることが全く理解できなかった私は扉を閉めて手を振りほどき、彼の頬を思いっきり引っぱたいた。

「なに訳の分からないことを言ってごまかそうとしているのよ！　男神君がどうとか、私と全く関係ないじゃない！　そもそも高校デビューのチャライ男なんて最低なのよ！　じゃあ、何？『山寺君が望のこと、好きみたいよ』って言わせたいわけ？」

自分の手がジンジンするくらい、感情的に思いっきり引っぱたいた。こんなに思いっきり他人の顔を叩くなんて生まれて初めてだし、ここまで見境なく感情をぶつけたのも初めてだった。

「なんで、その中に天真はいねーんだよ・・・かわいそうに、痛かっただろうに」

また手を取りそっと包もうとする山寺君。

「い、意味わかんない！　だーかーらー、それが私に何の関係があるのよ！」

彼の胸を突き飛ばして離れようとする私を、彼はさらにギュッと抱きしめる。

「さっきも言ったじゃねーかよ。なんで俺が好きな女の子の名前に、天真の名前が無いんだよ・・・そんなの悲しすぎるじゃねーかよ」

懸命に突き飛ばして離れようとする私の手から力が抜けた、思考が追い付かない。

「こんなこと言ったら嫌われて、もうみんなで仲良く話せなくなるんじゃないかって怖くて言えなかった。でも俺の言動がどんな形であれ、天真を傷つけてしまったのは事実だから・・・はっきり言う。お前らが男神のことを気にしているのはわかってる、でも俺は天真が好きなんだ。自分の気持ち押し殺して、いつも西野と男神がうまくいくように応援して・・・哀れみとか同情とかじゃなくて、最初から好きだったんだ。男神のことが好きならそれでいい、俺も天真がそうするように、仲間の恋がうまくいく手伝いをするよ」

山寺君の腕から力が抜けて私の体はほどかれた。自由になった距離で彼の顔を見上げると、今まで見たことの無い寂しそうな顔で私を見つめている。

「・・・バカ！」

彼の胸をこぶしをギュッと握ってポカリと叩く。

「男神くんと望の恋がうまくいくようにと心を鬼にして傷ついて、私が寂しくならないようにってちゃんと構ってくれて。私はね、男神君じゃなくて山寺君が好きなんだぞ？　勝手に勘違いしないでよ・・・そして山寺君の大好きなミックスフライ定食、まだ私は作れないけれど一生懸命作れるように練習する！　だからお父さんの味に届くまで、私が作るミックスフライ定食を食べにきてください。私も山寺君が大好きです・・・」

彼が再び優しく私を包み、今度は抵抗することなく私はおでこをトンと彼の胸にあてる。どれくらい経っただろう、この状態のまま静かで穏やかな時間が過ぎた。

店内から裏口のドア越しに

「二人とも、仲直りできたのならご飯食べなさい」

とお母さんの声が聞こえ、さっき振りほどいた彼の手を今度は私が握って店内に連れていく。

今の私は『人嫌いの美華』ではなく『山寺君のことが大好きと素直に言えた美華』だ。

第七色．別れと出会い

山寺君と美華は幸せそうにラブラブ、男神君はテニスの遠征でほとんど学校には居ない。私だけポツンと取り残された感じの高校生活、でも私には『必ずあの場所に立つ』という絶対に譲れない夢がある。毎日完コピと研究を欠かさず、部活では大した成果を残せないまでも予習中心の勉強法で成績は学年トップを維持していた。高校一年が終わろうとする頃、先生から重大発表があった。

「クラスメイトの男神君ですが、テニス世界ユースとしてフランスに留学することになりました。本校は学業の面でも留学制度がありますが、スポーツで留学する生徒は初めてです。彼はきっと世界的なテニスプレイヤーとなって凱旋帰国してくれることでしょう！　みなさんも二年生になるとクラスに海外留学生が居る風景が当たり前になります。男神君の活躍を応援しながら、これからの高校生活を悔いのないものにしてください」

クラスで姿を見ないだけで、どこに遠征に行っているなんて全く分からなかったが、世界ユースとしてフランスに留学とは！　あのエキシビションでインターハイ準優勝の先輩を退けたその実力は、もはや世界レベルといったところなのか。それはそうと、気になった私は挙手して先生に質問する。

「先生、男神君はいつからフランスに出発するのですか？　なんだか三週間くらい顔を見ていない気がするのですが」

先日の席替えで前から一番前の席になった私に先生が答える。

「あれ、本人から聞いていない？　彼なら二週間前に渡航しているわよ」

クラス全員がどよめく、みんな知らなかったのだろう。そして後ろから私を見ているであろう美華は、どんな表情で私を見ているのだろう。外はまたも雨、何とも形容しがたい気持ちをぐっと堪えて窓を見つめていた。

二年生になるとクラス替えがあり、私は『習熟度クラス』と呼ばれる成績の良い生徒ばかりが集まるクラスに変わった。山寺君や美華とは別のクラスとなり、今まであまり話したことの無い子や留学生として日本に来ている子に囲まれて新しい年度がスタートした。一年間学年トップから陥落することなく学んできた私には『授業料および教材費の全てを免除する』という特典が与えられたけど、誉高いことよりもあまりにも楽しくて初恋だったかもしれない高校一年生を思い出し、寂しさと不安に押し潰されそうな新学期を迎える。

この『聖環高校』は公立学校ではあるものの、国内難関大学進学率のかなり高い学校である。見た目に寄らず金髪ツーブロックの山寺君や美華も、一般の高校生と比べるとかなりハイスペックな学校に入学できる学力を持ち合わせていたということだ。スポーツにも力を入れており、恐らく男神君はスポーツ推薦で入学したのではないかと思われる。ここは日本人のみならず、世界中から将来を期待された人材が集まるクラスで『日本人がふるいに掛けられる場所』と呼ばれているのを後日知ることになる。

集まってきている日本人はみんな私レベルの成績は当たり前で、いきなり凄まじくハイレベルの学習に私は立ち向かうこととなった。自分の勉強方法がどれだけ通用するのか心配だったが、一学期が終わってみて成績はトップ。この段階で二学期終了までの学費免除が約束されるのだが、そのときにトップでいなければ三学期の授業料は請求されるというプレッシャーの塊だ。私と二番手の男の子の差はたった二点、しかも二学期からネイティブな英語の授業があると。

（なるほど、ここが『日本人がふるいに掛けられる』と言われる部分ね）

と頭では理解していても、今までは予習で何とかなるものだったからよかったし、英語も筆記なら得意教科だから問題ないが、日本人が一番苦手とする『英語を聞き取って理解して対話をする』という部分に関しては、正直どのように勉強していいのか全く分からない。お母さんが居ないのでお父さんが手伝ってくれるとはいっても、家のことは協力してやらなければ生活できない。キャラクターのダンスや仕草だったら他の子に負ける気がしないが、そういう問題ではない。字幕付きの映画を見てみるも、日本語字幕を英文に書き直すことはできても会話なのだから、そんなことをしている間にどこまで進んだのかわからなくなってしまう。一学期が終わって仲の良い女の子と数人友達になれたが、みんな裕福な家の子で深夜まで塾で勉強に励んでいる。英会話スクールに通って学んでいる人たちも多い中、私にはそんな時間もお金もない。そしてこのクラスは小テストがあるたびに教室に順位が張り出されるので、その結果を見てメラメラと闘志を燃やすような生徒たちなのだ。

張り出されている順位名簿を見て、ふと気付いた。

（このキャサリンっていう子、いつも最下位。海外から来ている子は特別留学生としてかなり優秀な生徒として入学しているはずだし、他の生徒はそこそこ上のほうにいるのに何でこの子だけ毎回最下位なんだろう?)

この高校にたまたま母から書道を教わっていたことがあるという先生がいらっしゃったので、母の他界報告を兼ねてお話を伺ってみた。

「ええっ! 先生・・・というかお母様お亡くなりになられたの? それは知らなかったとはいえごめんなさいね、今度お線香を上げさせてください。お家のこともやっていてこの成績はすごいわね、お母様も喜んでいらっしゃるでしょう」

まあ、そんなこんな世間話をした後でキャサリンについて聞いてみる。

「あの子ね、すごく良い子だし母国では素晴らしく優秀だったのだけれど・・・日本語が苦手みたいなの。それで少しホームシックになっている部分もあって、留学生専用の寮で生活していてそこでの会話は英語だから問題ないのだけれど、学校のテストは日本語だから苦労しているみたい。このままの成績が続くと、母国に返されちゃうかもしれないわね」

私の中で『ホームシック』というワードがものすごく残った。

(身寄りも知り合いも居ない異国の地に来て、どれだけ心細いだろう)

私が彼女と友達になりたいと思った理由は、この気持ちだけで充分だった。キャサリンの性格や思いは深く知らないし、話したこともないけれど少なくともお母さんが居ない寂しさを知っている私は、彼女の心細さに寄り添いたいと思った。

（まずは今日の放課後に話しかけてみよう）

「キャサリン、こんにちは！　私はのぞみ。どこから来たんですか？」

きれいなブロンドに透けるような肌、可愛らしいピンク色の眼鏡に少しそばかすのあるお人形さんみたいなきれいな子。うっすらブルーの瞳を私と目を合わせないようにうつむきながら言葉を絞り出す。

「ワ、ワカラナイ、ニホンゴ・・・」

これは日本人が海外の方に声を掛けられて

「ノーノー、エイゴワカラナーイ」

というのと同じではないかと思い、私は得意の筆記で会話を試みることにした、筆談だ。これには彼女も理解を示し、スラスラときれいな文字で書いてくれる。私が英語の文章になるよう頭の中で翻訳している時間がロスだけれど、少なくとも意思の疎通ができるのだからキャサリンも嬉しそうだ。筆談ではあるがお互いのことを知る手段としては充分、何も話さないよりも話し相手が居る方が彼女も楽しいようで、学生寮に遊びに来るように誘ってくれた。文章を読む限りでは、『高校の中にはない超有名ファーストフード店』や他にも『超有名アイスクリーム店』など、留学生専用スペースにはあるとのこと。しかも、どれだけ食べても無料だって！　彼女の寂しさも少しは晴れて、私も無料で招待されていいことだらけじゃない！　ただ一つ問題が・・・『日本人は留学生専用スペースに入れない』らしい。これを知った彼女はカンカンに怒り、母国語の先生の所に私を引っ張っていき、二人で話した筆談の紙を見せて英語で猛抗議。私には何を言っているのかさっぱりわからなかったが、後に彼女が書いてくれた文章で理解はできた。

「望は私の日本語教師で、私は望の英語教師。望は他の留学生を引き離して成績はトップなのだから、学生同士教え合って何が悪い！」

と食ってかかった結果、

「学期末までにある程度成果が見られることを条件に、許す」

というものだった。私なりに日本語の問題を英語に翻訳して解いてもらったところ、驚くべきことにキャシー（この頃からキャシーと呼ぶ仲になった）は全問正解だった。原因は『日本語が理解できない上に、日本語にコンプレックスがある』という点で、私が『英会話に苦手意識がある』のと同じであることはこれで確定した。

この学校には二年生になると『学力向上のためならどこで何をしても良い』という、とても民主主義的な自習時間がある。帰って勉強するもよし、塾に通ってもよし。日本人の多くはこの時間を英会話スクールに通う時間に充てているのだが、他の誰もが知らない隠れたキャシーの実力を知った私は、異国からきた大切な友達に日本人代表として母国語を教えなければならない。その責任感がせっせと私の足を彼女の元へ通わせたのだが、日本語を教えるというのはなかなかに難しい。試行錯誤を繰り返し、まるで赤ちゃんに言葉を教えるように根気よくオウム返しで行い、できたら大袈裟に喜んであげて自信をつけてもらう。

「恥ずかしがることはないの、日本語だって言語だもの。私はあなたを決して馬鹿にしたりしない、友達だから」

と英翻訳した筆談で始めた日本語学習だったが、彼女の習得度は素晴らしい。話し言葉としての日常会話はみるみる伸びたが、ネックとなったのは膨大な日本語表記である。アルファベットが二十六文字に対し、平仮名とカタカナだけでも九十六もある。くねくねとのたうって見える平仮名からまずはマスターすべく、発音が伴うと結びつきが早いキャシーにゆっくりと私が書きながら発音し、書き順も見た目で伝える。

「くーるーま、おーはーし、えーんーぴーつ・・・」

などから始めたものが、読めるようになると今度は自身で日本語教材を読むようになり独習スピードが上がった。三か月後には日常会話に困らないレベルまでなっていた。やっぱり頭がいい！　そうなるとお互い話の幅も広がるもので、彼女は

「将来、母国にあるドリームスペースで通訳のできるスペシャルコンシュルジュになりたいの」

と夢を教えてくれた。国は違えども同じ環境で働きたいという共通点がより一層会話を弾ませ、私が一生懸命完コピしてきたキャラクターの動きを見せると嬉しそうに彼女も話をしてくれるという好循環が、私の耳を徐々に『ネイティブな英語を聞き取れる耳』にしてくれていった。日本語の発音は難しいので、ちゃんと伝えないとちゃんと伝わらない。同様に聞き返してくれる彼女のネイティブな英語を、ちゃんと返さないと舌や口の動きも併せて修正してくれる。これがお互い言葉遊びのような感覚で全く嫌な感じはなく、私の発音がきれいにできるとキャ

シーも大喜びしてくれるので気分がいい。そして迎えた学期末試験、私とキャシーは同点で学年トップという成績を叩き出せた。これにはお互いの頑張りを認め合って、泣きながら抱きしめ合って喜んだ。しかし

「毎回成績トップの君がこの点数なのはわかるが、あの下から数えた方が早かったキャサリンがいきなりこの点数を取るのは不自然だ」

と、学校側から疑念を抱かれる。平たく言えば『何らかの方法で私がキャシーに答えを教えたのではないか』というのだ。思われても仕方がない、彼女とはずっと一緒にいたし、私も彼女も全教科満点なのだから。でも・・・大切な友達のことを、そして何より一緒に頑張ってきたこの期間を全否定されたようで、私はものすごく頭にきた。そして『日本人は留学生専用スペースにはいれない事件』のときにキャシーがカンカンに怒ったように、私もプンスカプンに怒って職員室に乗り込んだ。しかしここは日本の学校、私がいくら先生に説明しても信じてもらえない。そこで、決してネイティブとまでは言えないまでも彼女との学習で身に付けてきた英語で、母国語が英語の世界史の先生に涙ながらに必死でキャシーの無実を訴えた。これをウンウンと聞いていた先生は日本語ではなく英語で私に応える。

「あなたの英語は赤ちゃんの頃から育っている人からすると不完全なレベルではあるけれど、他の英会話スクールに通っている生徒と比べると明らかに違う。普段から英語で会話を話していないとできない発音だし、言い回しもそう。わかったわ、私が英語で問題を作るから他の先生たちの前でキャシーに解いてもらって無実を証明しましょう！」

こうして先生の協力が得られたことを彼女に伝え、

「誰でも疑問を持つのは悪くないことで、間違っていないと思うの。要はその認識が間違っていると証明すればそれでいい、キャシーの実力見せつけてやって！」

と背中を押した。そして後日、

「二人で職員室に来なさい」

と呼び出されて見せられた彼女の点数は・・・満点だった。もちろん公平を期すために、同じ時間に別室で私も英語で書かれた問題を解いたのだが、こちらも満点。先生立ち合いのなので疑われる余地は一切なく、これを機に

「留学生との積極的な交流を・・・」

なんて学校は言い出したのだった。大人の事情として『治外法権』とか『宗教的理由』なん

てものがあることはウスウスわかっているけれど、私たちにとって学生同士の異文化交流という素晴らしい時間は二度と帰ってこないのだから、語学にしてもほかの教科にしても、学生同士で高め合えるのならばお互い仲良くなれるし、なにより授業を受けるよりもわかりやすいし楽しいのだ。

ホームシックになっていたキャシーはそれから元気を取り戻し、頑張って極力日本語を使おうと努力している姿が見える。逆に私は英語を使うように努力をしているのだが、私の先生はもっぱらキャシーなのに対し、彼女の先生は私以外にもテレビや動画などがある。ある日、食文化について話をしていたときに、

「私の所ではトーストにバターを塗ってあんこを乗せたりするよ」

と話したところ、彼女の反応は

「何でやねん」

とか

「どないやねん」

という言葉が返ってくる。どうやら彼女は関西のお笑い番組が好きらしい。そして最近になっ

て先生から指摘された点、それは
「キャシーの英語はよくスラングが入っているから、そのまま真似しているとあまりよろしくない」
というものだった。たとえば、私はキャシーの面白い言葉はつい真似してしまうので、先日ちょっと眠かったとき、“I'm going to take a little catnap next class.”という言葉を使った。私は『眠いから次の授業ではうとうとするかも』という意味で使ったけれどどうやらちょっと違ってたらしい。『catnap』はcat（猫）とnap（居眠り）が組み合わされてできたスラングで、猫のように好きなときに所構わずうたた寝する様子を表したもの。私はかわいい言葉だなと理解したのに、先生いわく『眠気でうっかり眠るというよりも、自分から眠ろうとする話し手の意図が感じられる言い方』だそうで、このように少しずれた意味で覚えてしまった言葉が無数にある。キャットナップはまだましで、日本語圏に育った私にとってはスラングというものがよくわからないのだが、まあ簡単に言えば
「オマエの母ちゃんデーベーソー！」
のもっと激しくて汚い言葉も多いらしい。先生から詳しく意味を聞いてみて、二度と使わな

いでおこうと感じたフレーズが結構多かった。留学生との異文化交流が活発化して、我が高校の偏差値は急上昇した。原因はやはり言語の壁だったようで、

（世界各国から優秀な生徒が集まってきているのに、なんでこんな偏差値なんだろう？）

と感じてはいた。言葉の壁が取り払われて公用語である英語を皆が普通に使い始めると、そんじょそこらの有名高校でも歯が立たないレベルになって当然である。高校二年生も終わりに近づき、大学入試試験に向けて他校の人が正月返上で予備校に通い、必死にテスト対策をしているときにこちらはインド式計算などを遊び感覚で取り入れてさらに上を行く。山寺君や美華と『習熟度クラス』で一緒になることはその後一度も無く、男神君が高校在学中に帰国することも無かった。

そしてあっという間だった高校三年間を終え、大学はエスカレーターに乗っているかのように超有名国立大学の方から声を掛けもらい、キャシーと一緒に進むこととなった。理由は簡単、私も彼女も成績は常にトップで互いの母国語をストレスなく使いこなすことができる上、『二人が学校創設以来、異文化交流によって学校全体の偏差値向上に寄与し、評判を押し上げた』という学校長からの強いプッシュもあり、超有名国立大学に二人とも入学金、授業料免除の

特別推薦枠で進学できた。言わずもがな私たちが通っていた高校はスーパーエリート養成高校であり、そこのツートップとなれば推薦してもらえるのは自然なことで、大学側も
「あのエリート校が特別推薦してくるのだから間違いない、在学中の成績を見る限り試験を受ける必要もない」
と、過大評価しすぎではないのかと思ってしまうくらいありがたいレールの上に私たちは乗せられて、晴れて大学生への一歩を踏み出した。
「これだけの成績なら弁護士を目指してはどうか」
とか
「医師を目指したらどうか」
などと言われたが、私には幼い頃からの揺るぎ無い夢があるので、それに向かって今日も変わらずＤＶＤで完コピしながら自分なりの努力をしている。お父さんは仏壇の前でニコニコしながら娘の成長を報告してくれているが、やはり一番は私が遠方の学校に行かないことが嬉しそうだ。料理長として腕を振るっていたお父さんも暖簾分けという形で自分の店を持ち『認知されるまで売り上げ向上は厳しい・・・』と打ち明けてくれたことから

「私の学校には超お金持ちの人やすごく有名な両親を持つ外国の方がたくさんいるの。その人たちを通じて日本食の文化を広めるというのはどう？　通訳は私がするし、日本食パーティーみたいなものを開催してくれると、今の時代はＳＮＳでぶわぁーって広がるからすごいことになるかもよ」

という娘の言葉を信じて私の友達を呼んでくれて、日本の見た目に美しい和食やお寿司、天婦羅などを食べさせてくれた結果、学生たちは感動して案の定ＳＮＳでぶわぁーっと広がり、大使館やハリウッド俳優なども訪れる超有名店になっていった。一般予約は困難でコースはお任せ、主に私の友達のご両親とか世界的有名人が訪れる店として三年先の予約までいっぱいという盛況ぶりだ。お店は大繁盛でお父さんもすごく忙しそうだけど、お客様が来ないという悲観的な嘆きよりは忙しい方がいい。

大学生というのは大人として社会に出る前の準備期間のようなもの、自己責任を学ぶ場でもある。勉強したい人はとことんすればよいし、遊びほうけていて単位を取得できなければ留年してもう一年やり直す道もある。高校との大きな違いは『すべてが自分の選択で決まる』という部分ではないだろうか。講義中に辺りを見渡すと、高校を卒業したばかりの新卒生から自分の親世代の人やもっとお年を召した人まで、学んでいる姿が当たり前に見られる。『リカレント教育』という言葉に影響されてか『社会に出たものの勉強をやり直したい』と年齢層の高い方がいらっしゃるが、どちらかといえば勉強についていけなくて留年が確定し、大学を辞めてしまうケースの方が多いと感じる。

私は順調に単位を取得しながら某有名予備校の『国立大学専用特別選抜クラス』で講師としてアルバイトをし、受け取ったお金を将来の夢を実現するために『ドリームスペース』への移動費として活用していた。親友キャサリンも私の熱心さに興味を持ち、一緒に通っているうちに

「自分もここで働きたい」

と言ってくれるまで惚れ込んでくれた。一緒に通ってくれるのが嬉しくて移動費用などすべて私が工面していたのだが、いくら予備校が高給だからとはいっても現実問題お金はものすごい勢いで減ってゆく。

（それでもキャシーと一緒に行きたいし、でも交通費や入園料などバカにならないし・・・行く回数を減らして予備校の講義数を増やしてもらおうかな）

などとため息混じりにモヤモヤしていたとき、

「これからの大学統一入試試験にはヒアリングが組み込まれる。ネイティブに話ができるレベルの貴女にこちらの講義もお願いしたい」

と予備校サイドから要望が来た。渡りに船の話だが、それまで受けてしまうと本当に来園するための時間が激減してしまう。ありがたい話だが一歩踏み切れずに悩んでいた私を見て
「望どうしたの？　困っていることがあったら言ってみて。貴女が苦しんでいる顔を見ていると、私も悲しくなるの・・・」

とキャシーが心配そうに話しかけてくれた。とはいえ、留学生で日本に来てくれている彼女に交通費や入園料の話をしたくなかった。私が打ち明けられずにはぐらかしてばかりいると、お国の気質だろうか。彼女の部屋に呼ばれた際に、まるで突然火山が噴火したが如く怒られた。

「親友の私に打ち明けてくれない貴女は友達でも何でもない、このまま話してくれないのなら自分は大学を辞めて国に帰る！」

と泣きながらまくしたてられた。本気で心配してくれているからこその『泣きながら』であると理解した私は、費用が掛かりすぎている旨を彼女に打ち明けた。

「あのね、お金について口にしないのが美徳だと思っているのは日本人の悪いところよ。私はまだ日本のことをよく知らないから、望が『ドリームスペース』からすでに特別な招待状を受け取っていて、移動費や入園料は会社が払ってくれているものだと思っていたの。私の国では有望な人間にはインターンシップ制度といって、大学生のうちから会社が費用を負担して即戦力になるように通ってもらったりするのが普通なの。てっきり望はそうなんだと思っていて、まさか私の分まで自費で全部払ってくれていたなんて考えもしなかったの。ごめんね、ものすごく怒っちゃって・・・望のこと大好きだから、何か私にお手伝いできることはないかしら」

彼女の部屋で二人で話をしている中で打ち明けられたこの優しい言葉に

「ううん、こちらこそ黙っててごめんね。キャシーが言うように、お金の話をすると嫌われちゃうんじゃないかと思って怖くて言えなかったの。でも、慣れないこの日本という土地で自炊しながら一生懸命生活している貴女に費用を負担してほしいなんてやっぱり言えない。一緒に働きたいって言ってくれてすごく嬉しかったの。キャシーは語学力とか能力もあるし、外国人の容姿が必要とされるアトラクションもあると思うから特別枠で入社できると思うんだけど、私は背も低いしチンチクリンな日本人だから、もっともっと通わなきゃ。いま予備校から打診されている講義を私が頑張る！　そのぶん学校で一緒に居られる時間が減っちゃうけど・・・ごめん」

と私も泣きながら素直に答えた。彼女の行動はいつも突然だ、二人の間に合った小さな机をどかして、覆いかぶされるようにキャシーは私を抱きしめた。心臓の音がものすごく大きく聞こえる、嬉しさと恥ずかしさでドキドキしている私がいる・・・。

「私は望と一緒に居たい！　一緒に居られない時間が増えてしまうのは、私にとってこれ以上ない苦しみなの。望は私の全て！　望が困っているのならどんなことでもしてあげられる。もし事故で両目が見えなくなったのなら、私の眼球を片方あげられるくらい大切なの！」

日本人からすると少し例えが怖かったが、そこまで自分のことを想ってくれている彼女を私も大好きだし、本当なら一緒に居られない時間なんて作りたくない。どこに行くのにもずーっと手を繋いでニコニコしてくれる彼女と一緒に居たい・・・

「キャシーあのね、日本の大学受験項目に『英語のヒアリング』が組み込まれることになるらしいの。英語を聞き取ってその回答を答案用紙に書くというものなんだけど、私がアルバイトをしている予備校でネイティブな英語を話せる講師を探していて、私に声が掛かったの。英語を話すことができる外国人講師は他にもいるんだけれど、生徒さんに『なぜ、どこが違うのか』

まで日本語で説明できる講師は、多分私しかいない。でもね、貴女ならできると思う。私もキャシー大好きよ、助けてくれる?」

上から私を抱きしめてくれている彼女の耳元で、私は正直に助けを求めた。ピョンと起き上がった彼女は美しく正座して私を引っ張り起こし、真っすぐに目を見て話し始めた。

「日本に来て言葉の壁にぶつかっても誰も助けてくれなかった。こんなところ大嫌いって思いながら、毎日外国人専用っていう監獄みたいな寮に帰って泣いてた。そこから救い出してくれたのが望だったたの・・・私の日本語が受験生たちに通用するって証明させて! そして私の大切な親友を助けるお手伝いをさせて!」

もうここからはお互い英語なのか日本語なのかわからない状態で、ぐちゃぐちゃになって泣いた。

第八色・緊急帰国

大学生になり一人暮らしをし始めたキャシーのマンションと、私の家を行ったり来たり。友人関係としてはその他にも『ランチ友』の四宮君もいるけれど、キャシーと比べてしまうとそれほど深い仲というわけではない。というのも、同じゼミ内で『食事が好き、グルメ』という共通項を発見したことから、四宮君が大学周辺ランチでのお店開拓を積極的に引き受けてくれて、都合を聞いては予約して連れて行ってくれる。二人で会うのは昼食時だけの限定的な関係だからである。毎回ごちそうまでしてくれて、最初は定食屋だったから気楽に付いていったけど、フレンチの軽いコースや焼き肉などのランチに留まらずちょっと値の張るメニューまでごちそうしてくれるので気が引ける部分も出てきたのだが学年は二つ、年齢は三つも上で

「美味しい食事のためにバイトしてるし、料理人になるつもりはないけれど、美味しい食材を選んで丁寧に自炊することを通じて暮らしを豊かにしたいんだ。それにはいろんな味や調理法

をインプットしたい」

　という言葉を有難く真に受けて、ごちそうになっている。それに
「望がニコニコ目の前で食べてくれるだけで、『今回も誘ってよかったな』って思うんだ」

　と他の男に比べるといやらしい雰囲気のアプローチではなく、昼間だけのライトなお付き合いを気持ちよくしてくれるから、私も夢の話など気兼ねなく伝えて時にはお父さんにその日の味を報告したりする。

　そんな交友関係の中でも特別なキャシーのことはお父さんもまるで自分の娘のように彼女をかわいがってくれて、

「部屋は空いているんだし、キャシーにここで一緒に住んでもらったらどうかな？　食事もみんなで食べた方が美味しいし、大学もバイト先も同じなんだから、彼女も高い賃料払わなくてよくなる分だけ楽になるんじゃない？　望が毎日ニコニコしてくれていたら、お母さんも喜んでくれると思うよ。とはいえ彼女が遠慮してしまうかもしれないから、ホームステイという形で望が彼女のご両親にちゃんとお話ししてあげるんだよ？　お父さんは英語できないからね」

　と提案してくれた。そりゃあもう嬉しくて嬉しくて、この言葉を聞いたときには子どものと

きみたいにお父さんに飛びついた。お母さんが他界してからこんな笑顔のお父さんを見たのは初めてだったし、私に抱きつかれて少し恥ずかしそうなその表情に、あらためて家族の深い愛情を感じた。

翌日はお互いバイトがなかったのでいつものようにキャシーのマンションに期間限定コンビニお菓子、しかもイチゴ好きの私たちが新商品発売のたびに分担して買っているお目当ての品を持って上がり込み、モグモグしながら早速昨夜の話を伝える。

「あのねあのね！　昨日お父さんと話をしたんだけど、空いている部屋はあるから、キャシーにホームステイという形で我が家に住んでもらったらどうかって。母国のご両親には私がちゃんと説明するし『異国の地で娘が一人暮らしです』ってよりは私と一緒の方が安心されるんじゃないかって、お父さんが。それにね、そうした方が亡くなった私のお母さんもきっと喜んでくれるからって。キャシーの気持ちはどう？」

これを聞いた彼女は、スナック菓子を口に入れようとしている手をピタリと止めて、ポロポロと涙を流しながらしばらく下を向き、肩を震わせて泣いていた。ゆっくりと顔を上げ、

「望はお泊りできないから、毎日夜になると独りぼっち。それでも他の留学生に比べると恵ま

れている方だとは思うけれど、やっぱりホームステイで家族と一緒に住んでいるという話を聞くと羨ましかった。望パパがものすごく優しく温かくしてくれるけれど、私からステイの話はさすがにできないじゃない？　そして優しくって温かい時間が終わると、夜はまた独りぼっち。だからものすごく嬉しくて・・・」

今度は私が二人の間にある小さな机をどかして、彼女の頭をそっと抱きしめた。ここは日本人と外国人との違いで、私は彼女に覆いかぶさるようなことは・・・したかったができなかったというのが本音だ。

「大丈夫よ、もうひとりぼっちになんて絶対にさせないから。これからキャシーは家族として、温かいお家に帰って来るの。私も一緒に居てくれると嬉しいし、お母さんもきっと喜んでくれる！　私のお父さんに母国の料理作ってあげて。きっと涙流して喜ぶから」

そう言いながらきれいなブロンドの髪を優しくなでた。

次の日、ランチ友四宮君と久々に出かけたのは灯台下暗しともいうべきカレー店だった。いつもの通り道にあるのになかなか一人では入りにくい店構えなので一緒に行ってくれて助かるな、と今回改めて感じながら薄暗い雰囲気の店内に入り、ほうれん草カレーをナンセットで頼んだところだ。

「私が高校時代から大好きで仲良くしている留学生のこと、前に話していたでしょ。『望がすべて』って言ってくれるほどの仲良し、覚えてる？　その子が今度ホームステイしてくれることになったんだ！　やっと念願叶ってて感じ」

「へえ・・・。その『彼』はどんな雰囲気の人？」

「ん？　彼じゃないよ、女性だよー」

「え？　きっぱり腹を割って話してくれるところがカッコイイ、背が高くてきれいなブロンズの人って言ってたから・・・てっきり彼だと思ってたよ」

勝手に異性だと勘違いをされていたのだ。そのときは『そっか、雰囲気が男前な芯のしっかりした女の子なんだねー』と笑顔で別の話になったけれど、

（キャシーが男でも女でも別に関係なくない？）

彼の放った『そっか』がしこりとして残り、家に帰ってから改めて考えることになった。

ベッドに横になって、壁に掛けてある高校時代の写真をコラージュしたコルクボードを眺める。

男神君はテニス頑張ってるかな、美華は山寺君とうまくいってるのかな。そういえば山寺君、

ピアニストにはならないのかしら。そうなったら美華と夫婦でセッションしながら世界を周ったりして・・・はぁ、みんなどうやって夢や将来って決めていくんだろう？

ちょっと考えては目が吸い込まれるのはキャシーの笑顔、きれいな鼻筋の横顔、振り向き顔、日本語が分からないときの困った顔・・・。やっぱり、私はキャシーの一番側に居たい。がんばるキャシーの隣で、小さかった夢をもっと大きく膨らませたい。

四宮君以外の女友達にもキャシーのことを話すたびなんだか違和感があって、いつしかあまり話さないようにしていたけど、熱くなって話しすぎるんじゃないのか、という予感が今日の会話ではっきりした気がする。

きっと本当の気持ちは、丁寧に包んで隠して女同士の親密な友情という現し方をしないと、他の友人は離れていくような気がする。これからは自分に嘘をつかないで、キャシーへの思いと関係を大事に作っていこう、でも表現には気をつけよう、と逃げとも取れるような考え方でひとまずの結論を付けた。

母国のご両親に電話を掛けてもらい、私が事情を説明して、またキャシーに代わるという感じでホームステイの件はちゃんと了承を得たところで、彼女がどうしても『望パパにお礼が言いたい』というので、手際よくお泊りの準備を整えてマンションから私の家に二人で向かった。

家に着いて玄関の扉を開け、荷物を降ろしたところでキャシーが話し出す。

「望パパが帰って来るまで時間ありますね、もしよかったら簡単な母国料理を作るためにキッチンを貸してほしいの。望にも手伝ってほしいんだけど、そんなに難しい料理じゃないから大丈夫。望パパ喜んでくれるかな・・・」

生粋の日本料理人としてで働くであるお父さんにとって、本場海外の味を食べられるというのは喜ぶという選択肢以外、考え付かない。

「そりゃあ喜ぶにきまってる！　冷蔵庫の中とかフライパンとかお鍋とか、なんでも見て。そして欲しい食材を一緒に買いに行こう！」

靴を脱いできちんとそろえ、彼女はお泊りセットを玄関に置いたままで私の目を見つめ、真剣な表情で口を開く。

「ありがとう、でもこのあいだ望が教えてくれた。まずは望ママに挨拶をさせてほしい」

『人様の家にお邪魔するときは、仏壇がある場合にはご挨拶させていただくようにお願いするのよ』と教えたことをちゃんと覚えていてくれたのと『望ママに』と言ってくれたのがとても嬉しくて、玄関先で思わず彼女を抱きしめてしまった。これに対して同じくらいの力でギューッと抱きしめ返してくれる彼女の温もりが、私は大好きだ。

手を繋いで仏壇のところまで行き、キチンと正座をして手を合わせてくれている。青い瞳を閉じて背筋を伸ばし、きれいなブロンドの髪で仏壇に向かうさまは美しく、何とも愛おしい。

交代で私もお母さんにただいまの挨拶をして、二人仲良く手を繋いでお買い物に出かけ、買い物かごの中にキャシーが食材を選んで入れていく。そのほとんどが私も購入したことのある食材なのだが、明らかにチョイスが違う。彼女が選んでいくものを見ながら私なりにレシピを考えていくのだけれど、日本人の感覚ではありえない食材のチョイスなのだ。

「そうそう、お父さん牛肉大好きだからステーキにすると喜ぶよ」

「ううん、これは焼き目を付けた後に豆とトマトで煮込む料理なの」

こんな噛み合わない会話のやり取りがあり、気が付けば買い物かご二つにいっぱいの食材を購入してヒィヒィと帰宅した。お買い物も豪快であればお料理の仕方も豪快で、日本人のように都度『生ごみ用と不燃物と再生用トレー』と分けて捨てるなんてことはしない。必要な食材は丁寧に扱うものの、いわゆるゴミに分別されるものはどんどんシンクの中に溜まっていく。

「大丈夫、後できれいに片づけるから」

と彼女は言うものの、美を追求する日本食に携わるお父さんが見たら、卒倒するのではないかというくらいに何もかもが豪快だ。お肉のブロックも切って炒めて・・・ではなく、塊のまま焼き目をつけてお鍋にドーンというスタイルだ。彼女のマンションで手料理をご馳走になったことは何度かあるけれど、毎回すごく美味しかったのでどんな方法であれ最終的には美味しくなるのであろうが、調理している過程は初めて見た。私も毎日台所に立っているので興味はあるものの、見ていると何かしら口を出したくなってしまうので、ここはお任せして大学の課題を彼女の分も一緒に片づけるべく、少し離れたテーブルでパソコンを開いてコツコツ頑張っていた。

「ガッシャン、ガランガラン！」

という大きな音にびっくりして飛び上がり
「どうしたの？　大丈夫？」

と駆け寄ると、右手に泡だて器を持った状態でキャサリンは台所で倒れていた。

「ごめん、大丈夫。お医者さんから貧血気味って言われてて、今も目の前が突然真っ暗になったの。台所汚しちゃってごめんなさい、片づけるから」

とフラフラと立ち上がろうとするも足元がおぼつかない。

「大丈夫だから、そのまま置いといていいから。とりあえず私のベッドで横になろ！」

と彼女のエプロンを外し、コンロに火の気がないことを確認してから、ゆっくりと手を繋ぎ階段を昇って寝かせようとしたそのとき、

「望も一緒においでよ！」

と私もベッドに引っ張り込まれてしまった。異性からこんなことをされたらきっと怖いし大声を出してしまうだろう、でも相手は親友である。一緒にベッドに入って自分よりも小さな私を大事そうに抱きかかえて優しく頭をなでながら、ささやくような声で彼女は話し始める。

「ありがとう。望が電話してくれたときにパパもママも、ホームステイさせてくれることをものすごく喜んでくれた。パパがね『望さんにはいつでもホームステイに来てほしい、そしてこちらに来てくれたときには盛大にパーティーをしよう！　それにしても日本人とは思えないくらい、素晴らしくきれいな英語を話せる子だね。愛してるよ、二人の娘たち』って言ってくれたの。私も日本の家族を愛してる、本当にありがとう。貧血でフラフラするようになったのは

大学に入ってからで、さっきみたいに一時的に視界が真っ暗になって座り込んでしまうことはそんなに珍しくないの。高校のときに話しかけてくれたときから、貴女は私の光。大好きだからこれからもずっとずっと一緒に居てね」

温かく優しい感謝の言葉、それは心の内側の一番深いところから発せられたであろう彼女の素直な思い。お母さんを亡くしてからぽっかりと開いてしまった穴を埋めてくれるような、私にとってもすごく『ありがとう』な存在であるキャシー。

「こちらこそありがとう、私も大好きよ」

そういってギューっと抱きしめた。ベッドの中で仲良しな二人がくっついた状態で抱きしめ合っていたら・・・そう、二人してそのまま寝落ちである。ハッと気づいたときには何やらいい香りが階段の下から漂ってきており、あの大変な状態でほったらかしにしていたキッチンにお父さんが立ってくれていることが想像できた。彼女を起こさないようにそっと抜け出して静かに階段を降りていくと、想像した通りお父さんがキッチンで作業していた。

「おかえりなさい。キッチン大変なことになっていたでしょう？　ほったらかしにしてごめんなさい」

そう言う私の頭をポンポンしてお父さんは、慣れた手つきで調理器具を動かしながらニッコリ笑った。

「キャシーが遊びに来てくれて何か作ろうとしてくれていたんだね。あの状態から察するに・・・彼女は大丈夫かい？　途中で具合でも悪くなってしまったのかな。食材とやりかけの状況を見て、大体何を作ろうとしてくれていたのかは想像できたから勝手に進めちゃってるよ。仲良く気持ち良さそうに寝てるのに、起こしちゃかわいそうだって思ったんだ。確かにキッチンは大騒ぎになっていたけれど、小さい頃に望がホットケーキを作ってくれようと頑張ってくれたの覚えているかい？　あのときに比べたらかわいいものさ。それにお父さんのために何かを頑張ろうとしてくれたのだから、怒ったりしていないから大丈夫だよ。多分チリコンカンを作ろうとしてくれていたんだとは思うんだけど、お父さんの知っているチリコンカンはひき肉なんだよね。あんなに焼き目を付けた大きなブロック肉がお鍋に入っていたところを見ると、彼女の家庭の味はお肉がホロホロになるまで煮込むタイプなのかもしれないと思って、そんな感じで進めているよ」

お父さんとキャシーは何となく雰囲気が似ている。大きくて優しくて頼もしくて、私の中では放っておけない愛されキャラなのだ。彼女のお泊りが決まってからお父さんにはすぐにスマホからメールしておいたので、デザートにケーキまで買ってきて早く帰ってくれたというのに、私たちが作った『やりっぱなし』をきれいに片づけてさらに調理まで進めてくれている。お父さんの器の大きさを改めて感じつつ、いつも帰りが遅くなかなか親子で会話をする機会も少ないので、私も手伝いながら彼女と出会った頃の話や、学校のことや進路のことなどを話した。

「そうかそうか、夢に向かって着実に頑張っているね。望は優秀だからなぁ、そういうところはきっとお母さんに似たんだろうなー。望が話してくれた中で実はお父さんちょっと気になっていることがあって、キャシーの貧血。お客様に同じような症状の人がいて『あまりにも酷いから』って総合病院で診てもらったら入院するくらいの病気が見つかっちゃって。別に脅している訳じゃないんだよ、まだ若いから将来のことも考えてしっかりと検査をした方がいいんじゃないかなと思ってさ」

確かに。朝礼で校長先生の話が長すぎたときなどに、貧血で座り込むようにして倒れる女の子を見たことはあるけれど、それと比べると今回のキャシーは『意識なくぶっ倒れた』という表現が一番しっくりくるのかもしれない。素人の私でも

（かなり危険な倒れ方だった）

と感じたくらいだ。しかしさすが、日本料理で腕を振るっているお父さんだ。彼女が何というかわからないけれど、それらしいテレビや動画で見たことがあるような家庭料理が次々と作られていく。大きなお肉の塊は時間短縮のためにお父さんの判断で、圧力鍋へと移されて酢と紅茶パックを入れて下茹ですることで見事にホロホロになっている。買ってきたトマト缶を使って作り上げた美味しそうなお料理にローリエの葉を一枚、半分に折ってから入れて香りも演出する。これは私たちの計画には無かったお父さんのオリジナルだが、見ているだけで美味しそうだ。

「ごめんね、寝ちゃってた・・・はっ！　望パパおかえりなさい」

手櫛で髪をとかしながら階段を降りてきたキャシーは、お父さんの姿に気付いてペコリと頭を下げた。そしてわかりやすく鼻をクンクンさせながらキッチンに駆け寄り、キラキラした目でお父さんの料理を見る。

「すごい！　望パパ、チリコンカン作れるのですね」

その言葉にニッコリと笑みを浮かべてお父さんが返す。

「キャシーが作ってくれようとしていた味とは違うと思うけれど、それなりに味見しながら美味しくなるようにやってみたよ。お肉は大きかったから圧力鍋でホロホロになるようにして、トマト缶で煮込んだよ。お口に合ったら嬉しいけど・・・どうかな？　熱いから気を付けて」

そう言ってオタマで少量スープをすくってお皿に移し、彼女に手渡す。フーフーと息を吹きかけてスープを口に含み、口内で香りを確認してからごくりと飲み込み、しばらくうつむいていたと思ったら、今度は肩を震わせて泣き始めた。私もお父さんも理由がわからずオロオロしていると、

「望パパ。私が日本に来てから何回もチャレンジして、それでもお母さんの味はどうしてもできなかった。このチリコンカンは私が作るそれよりも美味しいし、お母さんの味に似ています。ごめんなさい、嬉しくて涙が出てしまいました。望パパは日本のシェフなのに、どうしてこの味がわかったのですか？」

と、ちゃんと泣いてしまった説明もしてくれながらの嬉しい問いかけにお父さんが答える。

「二人が買ってきた食材の中には無くて、僕が足したものは挽きたてのブラックペッパーとローリエだよ。何を作りたいのかなって考えたときに、ふるさとの味『チリコンカン』かな？　っ

てことはわかったんだけれど、ひき肉ではなく塊肉だったから肉の臭みを消すためにブラックペッパーとローリエを足したんだ。日本のレストランではもっと高級感を出すためにいろいろ足すんだけれど、広大で豊かな風景を想像しながら家庭の味に近くなるように作ってみたんだ。喜んでもらえたことだし、みんなでディナーにしよう！　ちょうどパンも焼きあがったことだし、望もキャシーもテーブルセットしてくれるかな」

キッチンカウンターに置かれたものを私たちはテーブルへと並べていく。普段はお茶碗とお汁椀と・・・という食卓が、まるでレストランに来たみたい。お皿とスープとパンで敷き詰められていく。

（パンが焼きあがるって、お父さん和食の料理人よね？）

なんて考えながらふと視線をスライドすると、嬉々として動いているブロンドの彼女がいる。何だか私まで嬉しくなってしまって、フォークやナイフ、スプーンなどを一緒に並べた。テーブルの上にはジャガイモのポタージュスープ、チリコンカン、パプリカがきれいなサラダ、焼き立てパンが並んだ。三人で『いただきます』をして、美味しそうに食べている娘二人を父親が微笑ましく見ながら食事をしているという、何とも非日常ながら平和なディナータイムを過ごした。みんな笑顔で『ごちそうさまでした』の後、ちゃっちゃと食器を洗ってみんなで紅茶を飲もうと紅茶の缶を取り出したとき、再びキャシーは崩れるように倒れて意識を失った。私やお父さんの声掛けにも反応しない・・・

「もし脳内出血だった場合はヘタに動かしてはいけない、救急車を呼ぼう！　望は二階から毛布持って来て掛けてあげて」

とお父さんがポケットからスマホを取り出し電話を掛け、私は急いで二階に上がってさっきまで彼女と包まっていた毛布を布団から引っぺがして持って降り、彼女に掛けた。

「救急車はすぐ来てくれるみたいだよ、我々が慌てても仕方ないからできることをしよう。キャシーのお泊りカバンがあったよね？　それを持って一緒に病院へ向かおう、その他にも必要なものを取り急ぎまとめてくれるかな？」

おどおどしている私の頭の上にそっと手をのせたお父さんは、私を落ち着かせるように優しい口調でそう言った。小さいときからけっして声を荒げることなく、いつもこうして私を導いてくれるお父さんの手のお陰で自分のすべきことが頭の中で明確になり、彼女のバッグやスマホ、履いてきた靴などをひとまとめにして玄関前に準備する。びっくりするくらい早く救急車は到着し、隊員さんが手際よくかつ慎重に彼女をストレッチャーに固定して車内に運ぶ。私は救急車に同乗して彼女が倒れた状況などを隊員さんに伝え、お父さんは行き先を聞いてからその後ろを自分の車で追いかけてくる形で総合病院に到着した。隊員さんはテキパキとそれでいて慎重にキャシーを病院内に運びながら、お医者さんに状況を説明しているようだった。私は看護師さんに

「付き添いの方ですね？　ここから先は患者さんしか入れませんので、こちらのベンチでお待ちください」

と言われ、バッグや靴などが入った袋を抱えたままベンチで座っているところでお父さんと合流。

「キャシーどう？　何かわかった？」

息を切らしながら心配そうに聞いてくれるお父さんだが、私もどんな状況なのかまだ聞いていないので、何と答えていいのかわからない。

「意識はないみたい。ストレッチャーのまま奥に進んでしまって『付き添いの方はここでお待ちください』って言われたので待ってるとこ」

そう答えた私の頭をポンポンして、お父さんは横に座る。何を話すでもなく、無言の重苦しい時間がすぎていく・・・

どれくらい時間が経っただろう。白衣を着た先生らしき人が診察室のようなところに入っていったかと思うと

「お待たせしました、第一診察室にお入りください」

と看護師さんから告げられ、二人で診察室に入って座った。パソコンの画面に映っているレントゲン写真のようなものを見ながら先生は話し始める。

「お待たせしました。脳のレントゲンを撮りましたが、出血や腫瘍は見られないですね。心電図や呼吸も問題ありませんが、血液検査の結果が明日にならないとわかりませんので暫らく入院して様子を見ましょう。お二人は一度ご帰宅ください、検査結果がわかり次第お電話差し上げます」

連絡先はお父さんの携帯電話番号を伝え、私たちは帰宅した。待合のベンチと同じく特に何を話すでもなく二人で家に入り、自然とお母さんの仏壇の前に一緒に座った。ろうそくに火をつけてお線香を立て、お鈴を鳴らして手を合わせる。

「今日はもう遅いから寝なさい、何かわかったら望のスマホにメッセージ入れるから。明日も元気に大学に行っておいでね」

そう言われ、キャシーに掛けていた毛布を持って上がり布団に入る。ベッドに落ちていたブロンドの髪を一本握りしめて、スマホで『貧血』とか『倒れる』とか調べても仕方のないことはわかっていながらも眠れないし、じっとしていられないまま朝を迎えた。学校では退院したら彼女に教えられるようにノートをまとめ、帰宅してお父さんから未だ連絡がない旨を聞くという日が一週間ほど続いたある日、国際電話が自宅に掛かってきた。

「ノゾミかい？　娘を病院に運んでくれてありがとう。日本の病院から電話をもらって、キャシーは血液の病気だということがわかりました。『急性骨髄性白血病』という名前の病気で、私たちは日本に娘を迎えに行きました。治療が終わるまで何年かかるのかわからないし、母国の大きな病院で治療することになりました。ノゾミには本当に良くしてもらったのに、顔を合わせることなく連れて帰ってきてしまって申し訳ないと思っています。貴女ならきっと自分の夢をかなえられると信じています、頑張ってください」

という内容だった。

（・・・そんな、『娘を迎えに行きました』って。『急性骨髄性白血病』って、血液のがんじゃない！
さようならの挨拶もできないほどの重篤な病気だったなんて）
ベッドにあったブロンドの髪をお母さんの仏壇に供えて
（お母さんお願い、まだキャシーをそっちに連れて行かないで！　もし来たら『まだ早い』って追い返して！　私の親友を助けて・・・）
と、お願いすることしかできなかった。

第九色・再会と恋

今まで何度も壁にぶつかって、それでも周囲に支えられながら一生懸命に走ってこられたと感じている。中でも『お母さんの他界』は私にとって一番の衝撃であり、乗り越えるのにものすごい時間と労力を要した。その他にも高校在学中にぶつかった言葉の壁、大学三年生のときに就職面接で初めて味わった挫折、親友キャシーとの悲しい別れなどなど。幾度となく目の前に立ちふさがる壁を乗り越えてきたのだが、今回の壁はどうして良いのかわからない・・・。

学生時代から褒められる要素の多かった私は『学級委員』や『生徒会』など、他人から頼られることが多かった。クラスの中でも私に悩みを打ち明けてくれる女の子は多かったし、男子からのお手紙が靴箱や机の中に入っていることもあった。正面から

「付き合ってほしい」

と言われたことも何度かあったが、恋愛よりも完コピに一生懸命だったので何より興味もな

く、お付き合いするとかそういったことは一度もなかった。大学のときのランチ友四宮君は客観的にみると身長も高く、女性にとても優しい面やミステリアスさからも女子にキャーキャーいわれていたが就活で落ちて一番落ち込んだ三年生のある日

「結婚を前提に付き合ってほしい。大学を卒業したら日本で就職して近いうちに独立するから」

などと私なんかには勿体ない告白を急にされたりもしたけれど、「美味しい美味しい」と会話し合う私たちの間柄をそれ以上にも以下にも捉えていなかった私にとってはまさに寝耳に水で、反射的にその場でお断りした。あとになって、彼から見たら私とのランチはもうお付き合いをしていたような感じだったのかな…と反省をしながら、一人では入りにくい雰囲気のツタの葉の鬱蒼としたサンドイッチが美味しい喫茶店を眺めながめては思い出す。この年にもなって人間関係で気まずい結末になってしまったことは、あのドリームスペースでみんなを笑顔にしたい、誰も悲しませないと決意する私には苦くて重く、日が経つにつれ後悔に似た何ともつらい気持ちがのしかかっていた。

事の顛末を一般教養の授業で一緒になる女の子に相談したら

「第一志望の企業に落ちてプロポーズされる、なんて夢みたいな話じゃん。今どき永久就職な

んてださいことは言わないけど、家庭でのんびり働き方を探すのもアリだったんじゃん？」

なんて言われて、私とはまったく違う考え方に驚いた。彼の私を想ってくれる気持ちは嬉しいのだが、私が求めている夢はそこではないからだ。

そして、二回目の選考を経てあの頃からずっと夢に見てきた『ドリームスペース』の住人になることが叶い、裏方から始まってさまざまなポジションを経験してようやくたどり着いた主役の座。ここに来てからも男性から告白されることは何度かあったが、毎日が訓練と勉強の日々で私の中の優先度合い的にそれどころではなかったので今度はそれぞれの男性を傷つけないよう、出会えてよかったことや尊敬する部分を伝えてから感謝の気持ちで全てお断りしている。

仲間としてみんなのことは大好きなのだが何よりお客様の、とりわけ子どもたちが喜んで手を振ってくれる姿が嬉しくて、それに応えるのが私の生きがいでもあった。

あれは一年前、真夏の正午過ぎ。熱中症と脱水症状で意識朦朧となりながらもしっかりとショーを終えて、バックヤードに入って目隠し扉が閉まるまで何とか意識を保っていたのだが、

「おつかれさまでした！」

の声を聞いてから意識がなくなってしまい、気付いたら施設内救護室ベッドの上で全裸の状

態に冷感シーツ一枚で寝かされており、両腕には点滴がつけられていた。主役を務められるようになったとはいえ私だって一人の女であり、

（着ていたものを全部脱がされて全裸の状態でベッドの上に、誰かに寝かせてもらった

と想像しただけでも恥ずかしくて仕方がない。あんなに汗だく脱水状態だったのに、自分自身からほんのりいい香りがする・・・これは『誰かがきれいに体を拭いてくれたということ』だ。今までは何とかシャワールームまで這ってでも自力で行き、仲間やお客様に不快な思いをさせないように自らを清潔に保ってきたのに、意識を失ってしまうだなんて。それに私の寝ているこのベッドが目隠しカーテンで仕切られていて外から見えないといってもだ、全裸にシーツ一枚って。

（体と同じく汗でベタベタになった私の下着はどこに行った？　そして着用していないということは誰かに脱がされた、さらにいい香りがするように全身拭いてもらって・・・）

恥ずかしさから同じことを何度もグルグルと考えては、顔から火が出そうな思いで両腕の点滴を何度も見つめる。

「あら、気が付いた？　貴女の体は私が医療班として責任を持ってきれいにしたの。下着も洗

濯乾燥しておいたから、このカゴの中にジャージと一緒に置いておくわね。点滴終わったら声を掛けてね」

私の視界が届かない頭の上から聞こえた声に驚いたのと同時に、それが女性の声であったとはいえ恥ずかしくて仕方がない。

「あの、ありがとうございます。こんな醜態をさらしてしまって申し訳ありません、しかも全身拭いてもらうだなんて・・・」

カーテン越しにそう言いかけた私の言葉を遮るように、医療班の女性は言葉を被せてくる。

「貴女はお客様の前で最後まで立派に主役をやり切った、素晴らしいことよ。バックヤードまであの状態でしっかり帰ってきたんだから大したものよ、あとは医療班に任せておけばいいの。こんなことで恥ずかしいなんて思っていたら主役の座を取られちゃうわよ、自信持ちなさい！貴女は恥ずかしいかもしれないけれど、私にとっては日常茶飯事よ」

そう言われて何も言い返せず、ポトリポトリと点滴が終わるのを何とも言えない気分で眺めていた。

（私の下着を脱がせて拭いてくれたのってどんな人なんだろう、すっごい年上の方ならまだしも、同年代の女性だったら女同士でもやっぱり恥ずかしいな。いつものように自分でシャワールームに行くつもりだったから、見られても恥ずかしくない下着じゃなかったし・・・しかも洗濯乾燥までって。あーもう、信じられない！　演じ切って、倒れるように戻ってきて運ばれる仲間たちは何人も見てきたけれど、まさか自分がそうなるとは。しかも運ばれた先でこんなになっているなんて想像したことも無かった。お医者さんに行っても下着までは脱がないし、そもそも行くとなったらちゃんと見られてもいい下着に替えるし・・・）

モヤモヤと考えている間に無情にも点滴液は私の体内に入っていき、目に見える容器は空になった。理屈では人と顔を合わせるタイミングがやってきたとわかったけれど、実際にカーテンが開いたらどんな顔をすればいいのかわからないまま、チューブの中の点滴液が最後にポトンと落ちたのを見て覚悟を決め、

「すいません、点滴終わりました！」

と揺らぎ散らす自分の気持ちが、動揺を伴った大きな声となって発せられた。

「はーい、こちらが終わったらすぐ行くからちょっと待っててね」

この返事を聞いて身体が固まった。このスペースで看護されていたのは私だけではなかった

のだ、と返答から気付いてしまったからだ。確かに女性は
「私にとっては日常茶飯事よ」
と言っていたが、私が思い描いていたものは『お客様用の救護スペース』で、そこには実際にお客様をお連れしたことから光景は覚えていた。あのときはご両親に手を繋いでもらっている子どもさんが、楽しそうにぶら下がった瞬間に『おててが痛い』と言い出したのを見てすぐにお連れした。幼児期の関節は大人ほどに固まっておらず簡単に外れやすい反面、簡単にはまりやすい。医療処置と言えるものは何も行われず、先生が痛がっている側の手に向かってキャンディーを差し出したところ、子どもさんが痛い側の手で受け取ろうと手を伸ばしたときに、自然に関節は元に戻って泣き止んだという事案だった。壁のあちこちにかわいらしいキャラクターが描かれており、随所にぬいぐるみも置かれている小ぢんまりした部屋だった。いま私の目の前にある光景はカーテンで仕切られたベッド一台分のスペース、これがこの空間にどれだけ並んでいるのなんて想像もつかない。
「はい、お待たせ。この時期は熱がこもりやすいからみんな大変よね、どう？　動けるようになったかしら？」

そう言ってカーテンの隙間からサッと入って来て、実に手際よく両腕に刺されている点滴の針を抜き、止血シールをペタンと貼ってくれた。恥ずかしくてなかなか先生の顔を見られなかったのだが、渡された下着をシーツの中でモゾモゾと着用してジャージを着て顔を上げて驚いた。きれいなブロンドの髪をお団子にしてキャップの中に納め、長いまつ毛に瞳の色は青い。声だけ聞いて『てっきり日本人の女性だ』と勘違いしてしまっていたほど、流暢な日本語。あっけにとられてポカンとしている私に

「なになに？　ここでは外国人スタッフなんて珍しくないでしょう？　あ、ひょっとして私が誰だかわかってない感じ？」

うん、わからない。ここで働き始めてからショーに出演しているダンサーさんやプリンセス役の人などきれいな人はいっぱい居るけれど、この女性にはお会いしていないと思う。こんなに流暢な日本語を操るブロンズヘアの美人に出会っていたら、インパクトが強すぎて忘れるはずがない。身長は日本人男性と同じ百七十センチくらいでスタイル抜群、私みたいな低身長のチンチクリンとは違ってマネキン人形みたいにきれい。それなのに聞こえてきた声は、紛れもなく日本人のそれと聞き違えるはずもないほど流暢な日本語。ここ『ドリームスペース』には

お客様の前に出るスタッフも居れば、医療班も清掃班も調理班やら運搬班などなど数えきれないほどの人間が働いている。私も一通り全部やってきたからよっぽど特徴のある人は覚えているつもりだが、この女性はその『よっぽど特徴のある人』に該当する。しかも、

「あ、ひょっとして私が誰だかわかってない感じ？」

って、そりゃわからんですよ。

「ありがとうございました、元気になりました！　あの・・・大変失礼かとは存じますが、以前私とお会いしたことはありましたでしょうか？」

とベッドの上に正座しておそるおそる訊いてみる。

「ちょっと待ってね、別のスタッフの点滴外してくるから。そんなかしこまって座ってないで、足くずして待ってて！」

そう言い残し、私が寝ていたベッドのカーテンをシャーっと開けて、彼女は走っていった・・・

なんだこのベッドの数！　広さにして学校の体育館くらいある真っ白な空間に、カーテンで間仕切りできるベッドが数えてみただけでも三十床はあると思う。その全てが埋まっているわけではないが、明確に医師とわかる人と看護師とわかる人があちこち走り回っている。見た感じ、

私に接してくれた女性は医師だと思われる。使用されているベッドは八床ほどで、恐らくこの暑さから私と同じように熱中症ではないかと推測する。処置が終わって足早に私のベッドに走ってきて腰を下ろし、ちょっと意地悪な顔をして彼女は再び訊いた。

「えー、本当に覚えていないの？　マジショックなんだけどー」

いやいや、そんなこと言われても本当にわからないものはわからないのだ。言葉か見つからずに申し訳ない気持ちでうつむいていると、

「ごめんごめん、私よ！」

と首から下げているネームタグをクルリと裏返して私に見せた。そこには私が忘れるはずもない名前があり、当時とは全く違う彼女の顔写真があった。

「キ、キャシー・・・」

声を発する前。名前を見た瞬間にこみあげて溢れ出した感情を、私は両手で顔を覆うことで辛うじて泣きわめかずに抑えた。彼女はベッドに深く座り、私の頭を抱きかかえるようにして優しくなでながら
「ただいま、望！　約束は守ったからね」

と。なんとか堪えて顔をあげると、彼女もまたこみあげるものを抑えきれずに涙が頬を伝っていた。

「だって、あのとき緊急入院しなきゃいけないから帰国するって・・・それから急いで帰国しちゃって、連絡とるのも闘病生活の邪魔になるといけないと思ったし、どうしていいかわからなくって。確かに『一緒に働こうね』って約束はしたけれど、私・・・もう会えないんだって諦めてた」

ポケットからキャラクターの絵柄が入ったハンドタオルを出して涙を拭くように私に渡し、彼女は話し始める。

「あれは大学二年生のときだったわね、急激に体力が落ちて食欲も無くなっちゃって。日本の病院で精密検査したら『急性骨髄性白血病』って診断されて、両親が迎えに来て自国で治療する流れになったわね。抗がん剤治療しながら髪の毛も抜けて苦しかったけれど、骨髄移植のドナーが奇跡的に見つかって元気になれたの。またそのとき診てくれた主治医が日本人のお医者さんで、スーパードクターなんて呼ばれていたわ。絶対に元気になって日本に帰ってくるつもりだったから、積極的に日本語で会話し続けたの。退院して経過観察しても再発はみられないってことで、地元の大学の医学部に転入して私は絶対に医師になるって決めた。そして医師になって日本に、ここに帰ってきて望と一緒に働きたいって望んだの。本当は元気でこんなところに運び込まれない方がいいんだけれど、もしここに来るようなことがあったら私が絶対に力になるって。だって、望が大好きなんだもん！　忘れられないよ・・・」

ポロポロと涙を流しながら話してくれるキャシーが愛おしくて、今度はこちらが抱きしめた。あのときとは違いお互いに大人の女性になって、彼女は眼鏡からコンタクトに、きれいにお化粧もされているから本当に誰だかわからなかった。こうやってお互い抱きしめ合ってみると、当時の感覚が鮮明によみがえる・・・あのときのように、離れ際に微かに触れる唇も愛おしい。

なんだろう。胸が苦しいというか、全身の血液が沸騰するという表現が正しいのかどうかわからないが、素直に表現するなら

（微かに振れた彼女の唇が愛おしくて、もっと触れていたい）

という感覚だ。ただただ愛おしくて『ずっと一緒にいたい』とさえ感じる。そんなほわほわした感情に包まれてウルウルと彼女のきれいな瞳を見つめていると

「熱中症、お願いします！」

とストレッチャーに乗せられて運ばれてきた男性スタッフ。オデコとワキに保冷剤が巻かれ

ており、目は半開きで苦しそうに息をしている。それを見た彼女はサッとカーテンを閉め、

「行ってくるわね、大好きよ」

と唇を重ねて閉めたカーテンを開け、再び医療の場に戻っていった。ドキドキが止まらない！

ただ純粋に嬉しくて、私も彼女と一緒に居たいって思うし大好きだ。男神君のときとは度合いがまるで違う！

（彼女を独占したい、私だけをいつも見ていてほしいし側に居て欲しい）

って正直に思う。ここまでではないが、これに似た感覚は高校や大学時代にもあった。

（私、キャシーに恋してる・・・だってこんなに大好きだもん）

と初めて自覚した瞬間だった。吊り橋のような怖いところで男女二人きりになると恋をしてしまいやすいという『吊り橋効果』というものがあるが、久々の劇的な再開を果たしたとはいえ、少なくとも彼女を大好きな感覚は昔からあった。それが現実的にわかりやすく感じられたのが今日のこの瞬間で、どんなに見た目も性格も申し分ない男性から告白されてもこんな気持ちになったことは一度もないのに、彼女に対しては

（他の人間に取られるなんて考えたら、気が狂ってしまいそうなくらい好きだ）

と素直に思えるのだ。

再会を祝してレストランで豪華な食事も良いが、私にはキャシーを連れて帰らなければならない場所がある。学生の頃から通い慣れた思い出の場所であり、生涯の親友が住む場所【晴天（てん）】だ。近年では年賀はがきのやり取りくらい疎遠になっており、美華がその後山寺君とどうなったのかなど、地元を離れている私にはお店が存続していることくらいしかわからない。

とはいえお父さんにキャシーと元気で再び会えた事実を報告したかったたし、休暇を合わせて彼女と一緒に高校で共に学んだ故郷へ折角行くのだから、キャシーと大好きな『ミックスフライ定食』でお祝いしたかったのだ。懐かしい場所へと戻ってきて変わらない暖簾をくぐると、すこしお腹の大きな美華が
「いらっしゃいませ！」

と元気に迎えてくれた。キャシーと二人でいるので美華もこちらが誰なのかわかっていない様子だったが、厨房で頭にバンダナを巻いている背の大きな男性とボソボソ話しているのが聞こえる。私はその会話にコッソリと耳を傾けながら、英語で彼女に高校一年生のときの思い出話やフランスに突如テニス留学してしまった男神君のことなどを話しつつ、変わらない店内を

懐かしく見渡していた。厨房に居るのは山寺君で、美華のお腹が大きくなっていることなど聞きたいことは山ほどあったが、サプライズの意味を含めて気付いてもらえるまでわざと英語で知らん顔を決め込んでいたのだ。

「いつも通り日本語でいいよー。ここが望が話してくれていた親友のお店なのね！　お味噌汁のいい香りがするし、とってもステキ！　お友達に挨拶しなくていいの？」

とキャシーが日本語で話し始めてしまったものだから、それを聞いた山寺君と美華が急いで私たちの元に掛け寄ってきた。

「やっぱり望だよね？　すごく似てるなーって思ったけど英語で話しているから喋りかけづらかったの。何年振りだろう、懐かしい！」

ポロポロと涙を流しながら私の手を握って話してくれている美華の横で、ちょっと恥ずかしそうに山寺君が話し始める。

「高校でクラス変わっちまってから、話す機会ほとんどなくなっちまったもんな。年賀状くれるから元気なんだな、とはわかってたけど、まさか突然来てくれるなんて思ってもみなかったから感激だぜ！　寄ってくれてありがとう、ご一緒のお友達も紹介してくれよ」

美華と手を握り合ってもらい泣きしている私を見て、キャシーが話し始める。

「山寺君と美華さんね！　望からいつも大切な日本のお友達ってお話は聞いていたわ。二年生になってクラスが変わってから望とは同じクラスになって、言葉の壁にぶつかってホームシックになっていた私を彼女が助けてくれたの。それからずっと仲良しで、今は『ドリームスペース』で一緒に働いているわ。それはそうと、美華さんのお腹に宿ったお二人の優しい光に祝福させてもらってもいいかしら？」

エプロンで涙を拭きながら立っている彼女の前にキャシーはしゃがみ、

「主の御名において、どうかお二人の幸せな光が健やかであらんことを」

と右手で優しく美華のお腹に触れ、左手は顔の前で十字を切り、ニッコリと微笑んだ。

「結婚式はまだ挙げてねぇんだけどさ、美華のご両親にも喜んでもらえて二人でお店を継ぐことになったんだ。大将からは『ユヅルの方がセンスがいい』なんて嬉しいこと言ってもらえてさ、今ではすっかり店主やらせてもらっているよ」

と照れ臭そうに話す山寺君は、当時の子どもっぽさが抜けてステキなお父さんになりそうだ。

そんなほんわかムードの中、いつの間にか厨房に入ってくれていた美華のご両親が四人分の定

食を作ってくれて、

「今日は嬉しい同窓会だ、ご馳走するから思い出話に花を咲かせながら四人で食べてくれ」

と粋な計らいをしてくれた。四人でテーブルを囲んで学生の頃の話やその後の生活など話を弾ませ、美味しく楽しい時間を過ごした。

「ごちそうさまでした、また伺います！」

と我々の姿が見えなくなるまで手を振ってくれる二人に見送られ、あらかじめ『今日帰ります』と連絡してある実家に向かう。途中母校の『聖環高校』や留学生スペースなどにも立ち寄り、大きなグラウンドを懐かしみながらグルーっと一周したり、教室や職員室などに立ち寄ったりと思い出に浸った。学校からタクシーに乗って家の前に到着すると、車の止まる音に気付いたお父さんが玄関から出てきて迎えてくれた。

「望パパ、ただいまー！」

当時の面影から一転、ものすごく美人になったキャシーに飛びつかれて照れながらもお父さんは嬉しそうで、私も彼女の後でお父さんを抱きしめた。

「望パパ、ママに挨拶してもいいですか？」

ちょこんと仏壇の前に正座して手を合わせ、ろうそくやお線香の扱いも彼女はちゃんと覚えていた。キャシー、私、お父さんの順に手を合わせて仏前に挨拶したところで

「キャシー、元気になって本当に良かった。望から『キャシーと職場で会った！』って連絡を受けたときには本当にびっくりしたよ。望もすごく喜んでいるし、きっと天国のお母さんもこうして帰って来てくれて喜んでいると思うよ」

お父さんのこの言葉を聞いてウルウルしながら彼女が発した言葉。

「望パパ・・・チリコンカン作ってくれていたんですね」

玄関を開けた瞬間に何やらいい香りがすると思ったら、当時のメニューをそっくりそのまま再現して、お父さんは待っていてくれたのだ。

「キャシーとの思い出だからね」

この言葉にまたしても飛びつかれ、ハグに慣れていないお父さんは嬉しそうに照れ笑いを浮かべていた。母国に帰ってからすぐにドナーが見つかったこと、回復するまでに髪の毛が全部抜けて悲しい思いをしたこと、絶対に日本に戻って私にもう一度会うと頑張ったことなど、今回は倒れることなく食卓を囲んで彼女はいっぱい話しをしてくれた。三人でお片づけをして順

番にお風呂に入り、懐かしいベッドであのときと同じ、彼女とくっついて毛布をかぶる。

「私、キャシーと一緒に暮らしたいんだけど・・・ダメ?」

職場は同じでも、彼女が一人で暮らしているとは限らない。誰かと同棲している可能性もあるため、恐る恐る訊いてみた。

「私も！　望のこと大好きだからずっと一緒に居たい。あっちに戻ったら一緒に暮らそ！」

すごく嬉しかった・・・当時に比べてすっかり大人の体になった彼女に抱きしめられて、背の小さい私は夢の中へと吸い込まれていった。故郷を後にして職場のある地元に戻ると、すぐに二人が住むマンションを契約した。互いの荷物を持ち合って引越し、一緒に住みだして三年が経過しようとしたとき、私は二十八歳になっていた。

これからもこの誇り高い仕事を辞めるつもりはないし、一人でも多くの子どもに私があのとき感じたような『夢の時間』を感じてもらいたいという思いは変わらない。彼女に私の本心を伝えることで互いの関係性が崩れてしまうとか、どちらかがここに居られなくなってしまう可能性は充分にあることはわかっている。それでも私は自分の人生に嘘はつきたくなかったから、キャシーと休みが同じ日に一緒に食事をして・・・彼女に告白をした。

「キャシー、私と結婚してくれませんか？」

思い切って言ったはいいものの、返事を聞くのがものすごく怖かった。一緒に住んでいるとはいえ同性婚を申し込んだのだから、断られたらもう一緒に住めなくなる覚悟はできていた。

日本では同性婚に対する認知度や理解度はまだまだ低く、

・法律上の親であるパートナーが亡くなってしまった場合に子どもと関われなくなってしまう場合がある

・法律上の配偶者ではないため遺言がなければなにも相続できず、亡くなったパートナーが所有する家に二人で暮らしていた場合には、その家から出ていかないといけなくなる場合がある

・病院で家族と認められず、診察室などでの立会いを拒否されたり、緊急時に最愛のパートナーの命にかかわる判断から除外されたりする場合がある

・どちらかが外国籍の場合には、配偶者ビザがおりない。日本で家族として暮らしていてもビザの更新が認められず、離ればなれになってしまう不安を常にかかえながら生活しなければならない場合がある

など、パートナーシップとしての法整備はほとんど進んでいない。そして追い打ちを掛けるように、認知されるにあたって世の中の風当たりは非情だ。

『同性婚なんて何の生産性もない』『生きている意味がない』『変態に税金を使うのか』『近所に居るなんてわかっただけで気持ち悪い』『女同士なんて男の良さをしらないバカだ』『この世から居なくなればいい』など、ＳＮＳでは先駆者たちが匿名性の高さを理由にいわれのない酷い誹謗中傷を受け続けている。

でも私の彼女に対する思いは本物で、全てを捧げてもいいと常に思っている。だからこそ『断られるかもしれない』という恐怖を乗り越えてでもキャシーには本音を伝えたかったのだ。

「ありがとう、望は日本人だから認めてもらえないだろうと思って私からは言い出せなかったの。私の国では結婚式も挙げられるし、法律でちゃんと伴侶として男女と同等の権利が保障されるのだけれど、日本では残念ながら違う。同じように同性婚を求める人たちのことをＳＮＳで調べてみたけれど、まるで『人間ではない』かのような酷い言われ方をされていたんだよね。私は望と一生添い遂げたいと思っているの、だからこちらからもプロポーズさせて！　私の国で二人、純白のウェディングドレスを着て結婚式を挙げましょう。そしてこれから日本で一緒に暮らしていく中で、パートナーシップ制度がもっと広く認知されるように頑張っていこう。誰かを愛するのに制度上の問題で結ばれないなんて間違ってる、私も戦うから望も一緒に戦って！」

芸の分野で女性が男方を演じたり、男性が女方を演じることに関しては抵抗なく受け入れられるのに、リアルにカミングアウトするとなるとなぜこんなにも肩身の狭い思いをしなければならないのか・・・

性自認の観点から男性の外見で生まれた女性や、女性の外見で生まれた男性など、演技と全く違うのはトイレに入るのですら自分が感じているのとは逆の方に行かなくてはならない苦しみは想像を絶する。着るものから仕草、口調まで、一日中周囲に合わせるために気を張り続けなければならない休みなしのつらさは、きっと当人同士でしか理解できない。大好きなキャラクターの完コピに掛かった何年もの時間を思うと胸が苦しくなる。大好きなものを身に付けるために練習するのと『社会に求められた姿』をイヤイヤでも真似するのとでは気持ちに雲泥の差があり、どんなに心が強い人でもつらい習慣に違いない。

ドリームスペースに過ごす時間が長い私たちには、創られた幻想の世界であっても笑顔が溢れ、悲しみの無い、輝くようなスペースの心地よさを現実のように感じているところがある。スペースを一歩出たときにも、温度差がない世界になればいいのに。キャシーならきっとわかってくれる。誰もが責められることなく『自分』として生きられる『これからなってほしい温かい世界』について、たくさん話したい！

第十色　全ての人々に夢を

現在日本国内だけで約九パーセントの人が自分の性に対して何らかの違和感を持っており、苦しんでいるのだとキャシーと一緒にレインボーパレードに参加した際に知った。私自身、高校時代に淡い恋心を男神君に抱いたこともあったし、自分が女性の思考と女性の体を持ちながらパートナーに同姓婚のキャシーを望んだ『レズビアン』であることに気付いたのはつい最近だ。私はただ、自分でいたい。キャシーと出会って素直に好きを伝えられて、相手も「望しか考えられない」と言ってもらえたから心が軽やかでいられる。

淡く素直な思いを誰かに寄せる人はあるだろう。それが性別関係なく、距離を縮めようとするたびに警戒され、離れられるを繰り返してしまったら・・・繰り返される拒絶は心を固くし、絶望に代わってもおかしくはない。私たちはキャシーの母国で共に純白のウェディングドレスを着て、祝福された結婚式を挙げた。それぞれの想いを大切にする私たちらしく、日本で流行った双子コーディネート、つまり女友達同士でのペアルックではなく、それぞれの趣味で体形や雰囲気に似合うドレスをたくさん試着したうえで選んだ。ウエストには淡い虹色のサッシュベルトを、それぞれ結び方を変えてあしらった。

よく晴れた空の下、通常は新婦とその父が歩きはじめるバージンロードをキャシーと二人で始めから堂々と歩いて『自分たちの道や常識は自分たちでつくる！』という気持ちで満面の笑顔を隠さずに長いベールを風に揺らして歩いた。本当は顔に掛けて入場するベールを始めからフルオープンにしたのは、新郎が持ち上げて新婦の顔が見えるようにする動作『ベールアップ』には二人の間の壁を取り払うという意味があるそうで、それは良い！　とばかりに初めから壁は取り払って入場することに二人で決めた。

「お父さん、お母さんのようないつまでも仲の良い二人になります」

というセリフは花嫁の手紙としては定石だし、ご両親への感謝の気持ちに毎回友人の結婚式では泣いてしまうのだけど、それがどんなかたちのカップルであっても『シンプルに、愛する人と安心して幸せに暮らす権利』が誰にでもあるはず、と思う。そこで私たちは、

「親が子を愛するように、人間が動物や自然を愛するように、世界にあふれる虹色の愛を感じ

ながら、どんなときもお互いを愛し続けます」

と二人で宣言をした。

帰国後彼女は自らの意思で日本国籍を取得し『夢の創造人・虹』として今まで口に出したり表現することのできなかった同じ苦しみを持つ人たちと会合を開いたり、

「カミングアウトするなんていう言葉自体がおかしい。秘密を公にするのではなく、人間として当たり前に堂々と生きていこう！」

をスローガンに活動しており、最近では小中学校からも
「理解を深めたいので講演に来てほしい」

とオファーをいただいて参加している。スペースでの休みを割いて講演に行くため、ダブルブッキングでそれぞれ別の場所にお話しに行く日もたまにある。そんなときは玄関先でお互いの背中を軽く叩いて、

「今日もがんばろ！」

と笑顔で送り出すひとときを大事にしている。応援して力になれる、そして誰かが応援してくれる、ただそれだけでパワーが湧いてきて二人で暮らせる日常を幸せに感じる。

私とキャシーが誇りを持って働いている『ドリームスペース』は、独身の男女やお父さんお母さん、そして子どもやお爺ちゃんお婆ちゃん、障害の有無や肌の色にかかわらずみんな等しく夢の世界に引き込まれてしまう場所。私たちはそんな世界を日々創造できることに喜びと達成感という『お金には代えられないもの』をお客様から頂戴している。お客様が笑ってくれて手を振ってくれるから、幼少期に見えた妖精さんがどんなに辛いときでも背中を押してくれるんだと思う。

今日も『夢の創造人』として来園くださった皆さんが笑顔になってくれるように、精一杯のパフォーマンスを披露してくるね、お母さん！

第十一色　夢と虹のその先へ

「今日こそ、見られるかな」

「どうだろうね、昨日よりはどことなく明るい気がするね」

夏の昇りたての月はまだ赤っぽくオレンジ色に見える。

鬱蒼とした森の木々の隙間から、赤っぽい光が届いていたが会話を交わしているうちにさらに月が昇ってきた。

月に背を向けて、滝つぼを眺めると白いアーチのような光が見える気がする。

「ねえ！　あれ！　虹じゃない？」

今日もこの限りなく夢に近い場所で誰かに幸せの光が降り注ぐ。

きみのとなり　了

あとがき

最後までお付き合い頂きありがとうございました。

作中で『お母さんの死』についてリアルに描いた部分がありましたが、あの部分は思い出して原稿用紙がグシャグシャになるくらい泣きながら書いた、私の実体験です。『五月二日・十三時三十八分』という記載も母の死亡診断書に書いてあった実際の日時です。空想の日時を書いたのでは死に対する本当の悲しみは伝わらないって思ったのでリアルな日時を書きました。

「私が娘の苦しみを理解してやれなかったばかりに自死を選んでしまった。せめて彼女の将来をハッピーエンドにしてあげたい」

この一言からストーリーは始まり、物語の中ではありますが

（お嬢さんは幸せになってくれたかな）

なんて考えながらあとがきを書いております。お悔やみを申し上げるだけでなく、ご遺族にも寄り添える『心の薬箱』が作家の使命だと信じて。

さて、次回は・・・

りゅうこころ
事業家・作家・経営コンサルタント・カウンセラー心理士・講演家。1972年福岡県生まれ、中部大学中退。携帯電話販売やファーストフードビジネスなど様々な業種でトップセールスマンとなるも、ヘッドハンティングを受けて現在は『電気を止めるブレーカー部品会社』２社の代表を務めている。カウンセラー心理士として若者や性的マイノリティの相談を受ける中で、本来平等にあるべき人権が社会的無知により迫害されて自死を選択する若者のあまりの多さに心を痛め、著者として啓蒙活動を始める。その中でもLGBTQ問題は悪意無く差別を助長する問題であることから、広く知ってもらうために筆を執った。自らも会合やパレードなどに参加して「右利き・左利きがあるように、性的マイノリティも当たり前に存在できる社会」を目指している。
著書
『七六六五日の物語』（文芸社）
『どんな思いも受け止める心の薬箱』（幻冬舎）
『七六六五日の物語 最終章』（幻冬舎）　　など

きみのとなり
2023年7月11日　第1刷発行

著　者――りゅうこころ
発　行――日本橋出版
〒103-0023　東京都中央区日本橋本町2-3-15
https://nihonbashi-pub.co.jp/
電話／03-6273-2638
発　売――星雲社（共同出版社・流通責任出版社）
〒112-0005　東京都文京区水道1-3-30
電話／03-3868-3275

ISBN 978-4-434-32098-9